KB108378

키우는 사람
윤재복 이야기

키우는 사람 윤재복 이야기

발행일 2023년 12월 6일

지은이 윤재복
펴낸이 손형국
펴낸곳 (주)북랩
편집인 선일영 편집 윤용민, 배진용, 김부경, 김다빈
디자인 이현수, 김민하, 임진형, 안유경 제작 박기성, 구성우, 이창영, 배상진
마케팅 김회란, 박진관
출판등록 2004. 12. 1(제2012-000051호)
주소 서울특별시 금천구 가산디지털 1로 168, 우림라이온스밸리 B동 B113~114호, C동 B101호
홈페이지 www.book.co.kr
전화번호 (02)2026-5777 팩스 (02)3159-9637

ISBN 979-11-93499-62-7 03810 (종이책) 979-11-93499-63-4 05810 (전자책)

키우는 사람 윤재복 이야기

나의 고향이 나를 키웠기에
나 역시 키우는 사람으로서
숙명을 안고 그 보람과 희열을 느끼고자 한다

윤재복 지음

북랩

머리말

키우는 사람 윤재복입니다

"나를 짧게 표현하자면 뭐라고 불러야 할까?"

저는 육종학자입니다.

농민들과 소비자들을 위해 건강한 씨앗을 만드는 것이 제 전공입니다.

그런 일을 하는 종자회사도 경영하고 있고, 미래 농업의 한 축인 식물 공장(실내 농장)에서도 다양한 채소를 키우고 있습니다.

어릴 적부터 저는 용인 호리에서 농사를 지었고, 서울대학교에서 원예작물육종학으로 박사까지 받았으며, 관련 사업을 하고 있으니 평생을 키우는 일에 헌신해 왔다고 할 수 있습니다.

그래서 저는 키우는 사람이 맞습니다.

키운다는 것은 참으로 어려운 일입니다.

무작정 씨앗을 뿌린다고 농작물이 잘 크는 것은 아닙니다.

우선, 좋은 씨앗을 개발해야 합니다.

그리고 기후와 토양 등 환경 조건을 잘 알아야 하고, 작물에 맞는 물과 비료를 적당히 줘야 하고, 태양광과 온도도 적당하게 맞춰 줘야 합니다.

그래서 농민은 늘 긴장하고, 늘 노심초사하며 농작물을 키웁니다.

그것이 농민과 키우는 사람의 숙명입니다.

저는 평생을 그런 노심초사 속에서 작물을 키우며, 좋은 종자를 개발하는 데 최선을 다해 왔습니다.

어디 키우는 것이 고추와 농사뿐이겠습니까?

사람을 키우는 일,

지역을 키우는 일,

동물을 키우는 일….

키운다는 것은 늘 긴장과 걱정의 연속입니다.

그러나 키우는 일에 성공한 사람들은 그 희열을 잘 아실 겁니다.

농작물을 잘 키워 풍년을 맞고, 자식을 잘 키워 보람을 얻고, 인재를 잘 키워 미래를 준비하는 희열은 말로 표현하기에 부족합니다.

저도 그런 키우는 보람과 희열을 잘 압니다.

저는 이제 제 고향 용인 처인을 키우고, 처인의 인재들을 키우는 일에 나서려 합니다.

평생을 키우며 살아온 제가 더 큰 키움을 준비하고 있습니다.

이는 제 고향이 저를 키웠고, 고마운 고향 주민들이 저를 키운 것에 보답하기 위함이기도 합니다.

부디 많은 분들과 소통하면서 그 키움의 희열을 함께 나누도록 하겠습니다.

『키우는 사람 윤재복 이야기』,

독자 여러분의 많은 성원을 기대합니다.

차례

3장
세상 이야기

1장

키우는 사람 윤재복 이야기

탄저병에 미친 연구자

2011년 8월, 서울대학교 농업생명과학대학 창업보육센터 ㈜고추와 육종 연구실.

"윤 박사! 있어?"

동료들이 잔뜩 긴장된 눈빛으로 나를 바라봤다.

그리곤 고추 탄저병 저항성이 실험 종자에 있느냐고 물었다.

"있다!"

"와우~"

실험실은 환호성과 함께 흥분의 도가니가 됐다.

정작 나는 다리에 힘이 풀려 주저앉고 말았다.

평생 농사만 지으시며 고생하시다가 내가 초등학교 5학년 때 돌아가신 아버지와 힘들게 홀로 자식들을 뒷바라지해 주신 어머니 생각에 눈물이 맺혔다.

15년 만의 성공.

'세계 최초 이종 간 교배를 통한 고추 탄저병 저항성 종자 개발'.

2011년 9월, 우리 고추밭에는 국내외 종자회사 육종가들이 거의 모두 모여서 우리가 만든 탄저병 저항성이 들어간 우리나라 고추를 볼 수 있었다.

난 고추 종자를 개발하는 '고추 박사'다.

한국 고추농가는 1970년 후반부터 '탄저병'이라는 무서운 병의 저주를 받고 있었다.

고추가 물러 썩는 것은 물론 감염성도 강해 다 지은 밭을 갈아엎어야 하는 무서운 병이었다.

나는 그 탄저병을 잡기 위해 청춘을 걸었다.

탄저병은 국내에는 없던 외래 병이다.

외국 고추 종자가 들어오면서 국내에서도 창궐한 것인데, 그래서 우리 토종 종자에서는 탄저병 저항성을 찾아내기가 힘들었다.

결국 방법은 이랬다.

탄저병 저항성을 갖는 외국 종자들을 가져다가 싹을 틔워 우리 종자와 교배를 해서 저항성 유전자를 가져오는 것.

다음은 탄저병 저항성을 얻은 우리 종자를 또 다른 우리나라의 종자들과 교배를 하여 저항성을 우리의 고추 종자에 도입하는 것.

그리곤 저항성을 가진 씨앗을 대량 생산 하거나 기술을 전파하는 것.

설계는 이랬지만 말처럼 쉽지는 않았다.
우선, 탄저병 저항성을 갖춘 외국 종자를 확보하는 것이었다.
1996년, 서울대학교 연구원이었던 나는 외국 고추 종자 확보에 나섰다.
그리곤 종자가 확보되면 직접 밭에서 키워 가며 우리 종자와 교잡을 하였다.
수년간 확보한 종자가 고작 3,000여 개.
1번, 2번, 3번…. 그렇게 시작된 교잡은 2008년까지 수만 번을 넘었다.
얻어진 고추 종자를 키우면서 열매가 달리면 우리나라의 고추 탄저병원균으로 접종을 하고, 병에 걸리지 않는 열매에서 종자를 얻었고, 그 종자를 다시 키워서 우리의 고추와 또다시 여교잡을 하였다.
이러한 작업을 수년간 지속한 끝에 우리나라 고추와 똑같이 생겼으면서 탄저병에 저항성 있는 계통을 육성할 수 있었다.
그래서 고추 업계나 학계에서는 나를 '다국적 고추 결혼 전문가'라고 부른다.
밥 먹고 화장실 가고, 자는 시간 외에는 난 늘 실험실과 고추밭을 떠나지 못했다.
대한민국에서는 고추 농사를 일 년에 한 번밖에 짓지 못한다.
추운 겨울을 겪어야 하기 때문에 이모작이 불가능하다.
그래서 나는 국내 고추 농사가 끝나는 늦여름, 초가을이면 씨앗들을 챙겨 날씨가 따뜻한 중국 하이난 섬이나 태국, 인도네시아로 떠났다.

그곳으로 가면 따뜻하기에 한 번 더 고추 농사를 지으며 실험과 연구를 할 수 있기 때문이다.

지금 생각해 보면 가족들에게는 너무 못된 짓이었다.

그때는 고추와 탄저병 말고는 아무것도 보이지 않았다.

15년 만에 성공한 그 실험은 아르헨티나 고추 종자 덕이었다.

탄저병 저항성을 가진 외래 종자와 우리 종자를 교배해도 저항성이 옮겨질 확률은 희박하다.

다른 종끼리는 교배가 잘 안 되는 '종간 불화합' 때문이다.

외래 종자가 우리 땅에 와서 잘 자라 주느냐도 관건이고, 그 저항성을 우리 종자에게 옮겨 주느냐는 더더욱 어려운 문제다.

우리 종자가 저항성을 얻기까지 10여 년이 걸렸고, 그것을 또 다른 우리 종자들에게 도입하는 데 또 그만큼의 시간이 필요했다.

수만 번이 넘는 교배와 실험을 통해 매번 좌절을 느꼈지만, 고마운 아르헨티나 종자는 우리 종자에 저항성을 전해 줬고, 그 착한 우리 종자는 또 다른 우리 종자들에게 '신의 선물'을 전달했다.

2011년 우리나라 고추 농가에 전해진 추석 선물이었다.

이제 우리나라에서 크는 고추의 70~80%(재배 면적 기준)는 탄저병 저항성을 갖고 있다,

그 원천 기술은 내가 가지고 있고 로열티도 받는다.

물론 성공해서 다행이기는 하지만, 15년간 이 실험을 진행하는 동안 주변에서는 많은 걱정을 했다.

"미치지 않고서는 저럴 수 있느냐?"

"너무 무모하다."

"사막에서 바늘 찾기다."

일각에서는 교잡이 아니라 유전자 조작(GMO)을 통해 답을 찾아보라고도 했다.

하지만 난 국립서울대학교의 박사였다.

인체에 검증이 안 된 GMO 방식은 국가의 녹을 먹는 내가 할 일이 아니었다.

난 그냥 미친 사람처럼 일하고 우직하게 실험실을 지키며 고추들에 청춘을 바치는 걸 택했다.

신의 선물처럼 우리 고추 종자에 탄저병 저항성을 확보할 수 있었는데, 요즘은 또 마음이 가는 곳이 있다.

태국과 베트남, 중국 남부와 인도 등 동서남아 지역에서도 나와 똑같은 역정을 걷는 학자들이 있다는 것이다.

동서남아는 특히 우기 때 탄저병이 돌면 감염 속도가 빨라서 국가 전체의 한 해 고추 농사를 포기해야 할 정도이다.

그들에게 내 연구 자료와 경험치를 모두 전수했다.

그렇지만 그게 바로 적중할 수는 없다.

기후와 토양, 종자가 모두 다르므로 그들은 그들만의 성공 루트를 개발해야 한다.

고난과 역경이 따를 것이다.

난 손 모아 기도한다. 제2의 윤재복이 동서남아에서도 나와 달라고….

어떤 이는 내게 묻는다.

만일 탄저병 저항성에 성공하지 못했다면 지금 어떻게 됐겠냐고.

난 이렇게 답한다.

"뭐, 지금도 실험실에 있겠죠. 지금쯤이면 십만 번 이상 교배를 했을 거예요."

신께 감사할 따름이다.

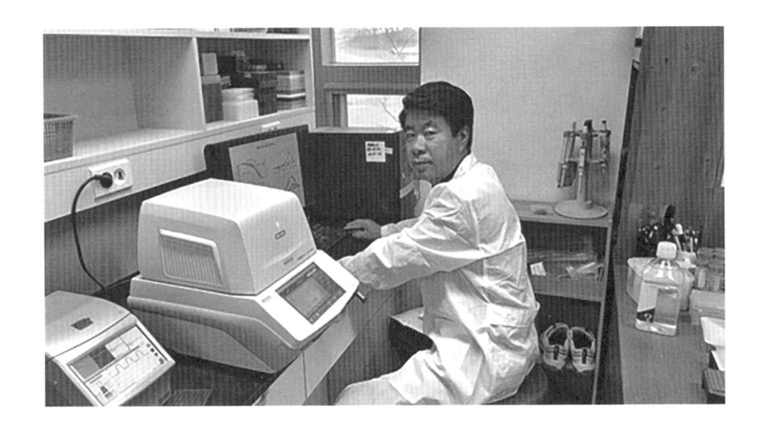

농사만 지어서…

지난해, 한 시골 마을에 고추 농사 컨설팅을 하러 갔었다.

50호 규모의 마을이었는데 나는 마을 회관과 고추밭을 오가며 주민들의 고추 농사를 조언했다.

첫날, 마을 회관에서 어르신들과 막걸리를 나누며 담소를 나눴는데 한 분이 말끝마다 나에게 이렇게 말씀하셨다.

"윤 박사는 농사만 지어서 잘 몰라."

평생 농업에만 종사했다니 세상 물정을 모른다는 뜻이었다.

나는 "네, 제가 세상을 잘 모릅니다."라고 너스레를 떨었다.

다음 날, 고추밭 로터리를 쳐야 하는데 기계가 고장 나 있었다.

다행히 내가 전선이 끊어진 자리를 찾아 그 자리에서 고쳤다.

"윤 박사, 기계도 볼 줄 아네. 우리 경운기가 이상한데 한번 봐 주셔."

경운기 윤활유 부족 현상이었다. 그 자리에서 또 고쳤다.

다음 날부터는 스프링클러 고장, 비닐하우스 보일러 고장, 마을 회관 싱크대 막힘, LED 교체 등등 각종 수리 요청이 몰려들었다.

대부분 큰 고장이 아니라 내 손을 거쳐 정상화가 됐다.

마을에 남아 있는 벽돌과 시멘트를 가지고 허물어진 담장도 보수를 해 드렸다.

그렇게 며칠이 지나자, 난 동네 '맥가이버'가 돼 있었다.

뿐만 아니라 마을에 자그마한 공부방이 있었는데, 그곳에서 중고등학생들 영어 시험 문제도 봐 줬다.

저녁에는 우크라이나 전쟁 뉴스를 보며 어르신들과 대화를 나누기도 했다.

어르신들은 전쟁으로 전 세계 자원(資源) 시장이 요동치는 것을 걱정했다.

난 이렇게 설명해 드렸다.

"일시적으로는 그렇게 되겠지만, 국가별로 대체 수입 지역을 찾을 겁니다. 러시아나 우크라이나 지역에서 수입하던 자원은 남미나 아프리카, 중동에도 있거든요. 조금 있으면 수입 지역을 바꿔 정상화가 시작될 겁니다."

처음 만나던 날 나에게 "윤 박사는 농사만 지어서 몰라"라고 하시던 어르신이 나를 바라보며 말씀하셨다.

"윤 박사는 못하는 게 뭐고, 모르는 게 뭐야?"

"농사 공부만 한 사람이 대단해!"

난 대답했다.

"어르신, 이게 다 농사입니다."

농사를 짓는 사람에 대해 '세상 물정을 모른다', '순박하다', '단순하다', '무식하다'라는 편견을 갖는 경우가 종종 있다.

하지만 현대 농업은 그렇지 않다.

내가 고추 농사 컨설팅을 하러 갔던 마을에서 온갖 기계들을 고치고, 아이들 영어 공부를 봐 주고, 우크라이나 전쟁에 따른 국제 정세를 설명했던 것처럼 현대 농업은 모든 학문과 기술을 아울러야만 한다.

종자 산업에는 육종학 외에도 재배학, 생리학, 생태학, 토양학, 기후학, 농약학, 생물학, 해충학, 수학, 화학, 지리학, 유전학, 분자생물학, 영양학, 식품학, 전기, 전자, 정보통신(ICT), AI, 건축, 토목, 국제 정세, 외교 등등 농업에 관여된 모든 분야의 학문과 기술이 접목돼 있다. 창업과 경영도 알아야 한다.

이미 휴대 전화 하나만 있으면 농장에 가지 않아도 물 주고, 농약 주고, 비료 주는 '스마트 팜'이 전국 각지에서 운영 중이며, 대기업들의 참여도 적극적이다.

현대 농업은 단순히 씨 뿌리고 수확하는 것이 아니라 모든 분야 첨단 기술의 각축장이다.

따라서 농업은 그 나라의 기술력과 외교력, 교육 수준 등을 판가름 지을 수 있는 바로미터인 것이다.

나는 최근 농식품부 산하 '종자혁신기술개발 TF'의 총괄기획위원을 맡고 있다.

여기만 보더라도 나처럼 농업 전문가 말고도 AI 전문가, 챗GPT 전문가, 분자생물학 전문가, 영상 기반 표현체 전문가 등 첨단 기술 인재들이 대거 포진돼 있다.

나는 이들과 함께 농업의 미래를 준비하고 있다.

이 모든 기술을 융합한 마지막 작품이 지구상에 없던 우수한 신품종이다.

'꿩 잡는 게 매'이다. 모든 수단과 방법을 동원해서 새로운 품종을 개발한다.

그래서 나 같은 육종학자는 이들 첨단 기술을 융합시키는 사람으로, 마치 다양한 악기들의 소리를 조화롭게 융합하여 환상의 하모니 연주를 이끌어 내는 '오케스트라 지휘자'인 셈이다.

농업인이며 육종학자인 나는 자부한다.

"농사만 지어서 세상 물정을 몰라"라는 표현은 이제 박물관에 보내야 하는 시대이다.

"농사를 지어서 모르는 게 없고, 못하는 게 없네."

이게 바로 현대 농업이며 미래 농업인 것이다.

고추를 세우자!

좀 야하게 들릴 수 있지만 내가 속해 있는 '한국 고추연구회'의 건배사이다.

연구회에는 농민과 학계, 산업계, 유통계 등 고추 관련 산업 종사자 4,000여 명이 속해 있다.

1년에 두어 번 정도 모여 정기 모임을 하는데, 이 자리에서는 어김없이 "고추를 세우자!"라는 공식 건배사가 등장한다.

일반인들이 들으면 웃기 마련이다.

하지만 건배사는 고추 농사의 어려움을 그대로 담고 있다.

고추는 줄기가 약해 똑바로 세우기 정말 힘든 작물이다.

고추 열매가 달리면 그 무게를 감당하지 못해 줄기가 쓰러지고 만다.

그러면 고추 열매는 땅에 닿고, 빗물에 젖어 썩기 마련이다.

그래서 줄기를 세우기 위해 대를 세워 줘야 하는데, 일일이

수작업으로 해야 해서 보통 힘든 게 아니다.

하지만 이 작업이 없으면 고추 농사가 아예 불가능하기 때문에 고추 농부들에게는 상징적 작업인 셈이다.

그래서 연구회 건배사가 "고추를 세우자!"가 된 듯하다.

난 어릴 적부터 내 고향 용인에서 농사를 지었다.

난 7남 중 막내다. 7남매가 아니라 7남, 아들만 일곱~!

7남이면 가족이 거의 특공대다. 아버지는 특공대장, 어머니는 지원사령관.

큰형님과 나는 24살 차이가 나는 띠동갑이다.

친구 아버지와 우리 큰형님이 초등학교 동창인 경우도 있다.

난 그 형제들과 함께 농사일에 투입됐는데, 초등학교 2~3학년쯤부터 경운기를 운전했고, 논에 모를 심기 전에 써레질도 직접 했다.

쇠죽 쑬 꼴을 베어 오는 것은 하교 후 거의 매일 일과였다.

가끔 TV를 보면 어린 꼬마가 중장비나 농기계를 능숙하게 운전하는 것이 '신기한 일'로 방송되는 경우가 있다.

그때는 그런 방송이 없어서 그렇지 그게 바로 나였던 셈이다.

그때도 고추 농사는 정말 힘들었다.

파종하고 고추대를 세우고, 고추를 솎아 내고, 풋고추를 수확하고, 붉은 고추를 다 딸 때까지 고추밭은 온종일 허리 굽히고 일해야 하는 중노동 현장이었다.

그 힘든 고추 일을 지금도 하고 있다.

서울대학교에서 박사 학위를 받고, 2005년 예비벤처 법인 설립을 했고, 2008년 1월 ㈜고추와 육종 대표이사 취임 후 지속적인 품종 개발을 해 오고 있다.

대한민국 우수품종상 농식품부장관상과 한국육종학회 품종상 등의 상도 받았다. 국내외 논문 및 특허도 다수다.

어릴 적 고추 농사를 짓던 시절이나 학창 시절, 창업 시절 내가 내내 버리지 않는 각오가 있다.

"고추 농사 편하게 짓는 시대를 만들자!"

매운 거 어디까지 드셔 보셨나요?

고추로 서울대학교 박사 학위까지 받고 고추 관련 기업을 운영한다고 하면 이런 질문을 자주 받는다.

"매운 거 잘 드시겠네요?"

정답부터 얘기하면 난 매운 걸 잘 못 먹는다.

짬뽕으로 치자면 그냥 순한 맛 정도. 중간 맛만 돼도 입안에 불이라도 난 듯 힘들다.

사실 고추학자 중에는 매운 걸 못 먹는 사람들이 더러 있다.

지금은 은퇴하셨지만, 우리나라 대표 고추 품종을 만드신 박사님께서는 매운 걸 전혀 못 드셔서 후배들에게 대신 고추 맛을 보게 하셨다는 일화가 있다.

고추학자에게는 고추 맛을 보는 게 아주 중요한 일 중 하나이다.

고추를 키워 놓고 어느 정도 매운가를 직접 맛봐야만 품종 연구에 도움이 되기 때문이다.

고추는 풋고추에서 빨간 고추로 색이 변화하기 시작할 때 가장 맵다.

그때 맛을 봐야만 고추의 진정한 맵기를 알 수 있는 것이다.

매운 걸 못 먹는 나에게는 그 일이 너무 어렵다.

그래도 시기가 되면 한 번도 거르지 않고 맛을 보고 있다.

고추와 고추씨까지 입에 넣고 맛을 본 뒤에 입안에 불이 나면 막걸리로 입을 헹궈 매운맛을 중화시키고, 그다음 고추를 또 맛본다.

막걸리는 마시는 것이 아니라 헹구는 용이다.

그렇게 고추를 맛봐야 하는 시기가 되면 고추밭을 돌며 하루 종일 매운맛에 혼찌검이 난다. 난 그걸 지금도 하고 있다.

입안에 있는 통각(痛覺)이 사람마다 달라서 매운맛을 느끼는 정도도 전부 다를 수밖에 없다.

나처럼 매운 걸 못 먹는 사람은 입안에 통각이 많은 것이다.

그런데 사실 짬뽕이나 우리가 흔히 먹는 고추는 매운맛 축에도 못 든다.

요즘은 매운맛의 정도를 장비를 이용해 측정하는 'SHU 지수'라는 게 있다.

수치가 커질수록 맵다.

우리가 먹는 일반 고춧가루는 5,000 SHU 정도다. 매운 고춧가루는 10,000 SHU, 청양고춧가루는 20,000~30,000 SHU가 나온다.

'Pepper X'라는 외국 고추 품종은 300만 SHU인데, 이걸 식용으로 먹으려면 큰 솥에 스포이트로 한 방울 정도 즙을 떨어뜨려야 특유의 향을 즐길 수 있다.

그 이상은 몸에 치명적 해를 줄 수 있다.

고추에서 추출된 순수 캡사이신(Pure capsaicin)은 500만 이상 SHU를 기록하는데, 이건 절대 먹어서는 안 되고 실험용 시약으로만 사용해야 한다.

최루탄이나 호신용 가스총 등에 사용될 정도로 지독하게 매운 성분이다.

요즘은 짬뽕도 단계가 있어 최고 수준 매운맛에 도전하는 이들이 많다.

너무 매워 절대로 국물을 먹지 말아야 하는, 만약에 먹었다면 응급실로 실려 가야 하는 짬뽕도 있다.

고추에 들어 있는 캡사이신은 적당히 먹으면 항암, 항염증 등의 효능이 있다.

하지만 너무 매운 음식을 많이 먹는 것은 몸에 좋지 않다.

모든 게 적당한 게 좋다.

고추도~ 우리 사는 세상도~!

사업을 접어야 하나?

1996년 서울대학교 원예작물육종학연구실 연구원, 1999년 서울대학교 석사, 2003년 서울대학교 박사, 2003~2005년 서울대학교 분자유전육종연구센터 박사 후 연구원.

고추 탄저병 저항성 품종 연구에 집중한 나는 은사님(박효근, 서울대학교 명예교수)과 함께 2005년 5월 '㈜고추와 육종'이라는 회사를 예비 벤처로 창업했고, 그해 8월, 벤처 등록을 마쳤다.

2008년에는 대표이사로 정식 취임했다.

나의 역점 연구인 고추 탄저병 저항성은 2008년 실험실에서 가능성을 봤고, 2011년 품종 개발에 성공해서 2012년 세계 최초 품종임을 선포했다.

2008년 기업의 대표가 된 나는 우리 회사가 곧장 수많은 수익을 올릴 것이라고 봤다.

아르헨티나 고추와 우리 토종 고추.

이종 간 교배를 통한 세계 최초 탄저병 저항성 품종 개발이었다.

우리나라에 창궐하고 있는 고추 탄저병을 획기적으로 방지할 수 있는 품종을 개발했으니, 돈 버는 건 시간 문제라고 생각했다.

그러나 사업은 기대처럼 되지 않았다.

이걸 일선 농가 재배 실증을 거쳐 상용화시키기까지는 2015년까지 기다려야 했다. 1996년 연구를 시작했으니 꼬박 20년이 걸린 것이다.

2005년 창업한 나는 10년간 고전에 고전을 거듭할 수밖에 없었다.

회사가 존립 위기를 겪었다.

국책연구과제들을 수주하고 작물들의 DNA를 분석해 주는 일로 수입을 마련했으나, 직원들 인건비 주기에도 빠듯했다.

절망이었다.

"연구를 열심히 한 것과 사업에 성공하는 것은 다르구나."

"이러다 나는 망하고 기술은 다른 데로 넘겨야 하는 거 아닌가?"

매번 실의를 느꼈고, 하루에도 백번 회사를 접을 생각을 했다.

하지만 나를 잡아 준 것은 어릴 적부터 뛰놀던 논밭, 내가 청춘을 바쳐 온 실험실, 묵묵히 버텨 주는 집사람과 직원들이었다.

"연구하며 버티자! 그게 내가 가장 잘하는 일이니."

난 매일매일 이렇게 다짐했다. 매일매일 포기하려 했으니 매일매일 다시 시작한 것이다.

이렇게 연구로 버티며 이룬 결과가 국내외 논문 50편, 특허출원등록 50건, 품종보호출원등록 30건 등이다.

탄저병 저항성 고추는 농식품부 신기술로 인증을 받았다.

그래도 돈이 안 되니 작물의 특성과 연관된 DNA 마커 개발 연구도 했다.

작물에 들어 있는 DNA가 어떤 성질을 가졌는지 특정하는 것이다.

이를테면, 고추에 들어 있는 탄저병 저항성 DNA를 특정해 놓으면 '이렇게 생긴 DNA가 탄저병 저항성이다'라고 모두가 공유를 할 수 있는 것이다.

이런 DNA 마커 연구 개발로 지금까지 30여 개의 고추 원예적 특성과 연관된 DNA를 특정했다.

고추 꽃가루가 나오지 않아 교배가 안 되는 DNA도 찾아냈다.

열매가 열리기 전에 매운맛이 있는지 없는지 알 수 있는 DNA도 찾아냈다.

포기하지 말고 미래를 준비하라

그렇게 2005년 창업한 나는 정확히 2015년이 돼서야 농가에 고추 탄저병 저항성 품종인 'AR레전드'와 'AR지존' 종자를 팔기 시작했다.

연구 착수 20년, 창업 10년 만에 제대로 된 수입이 생기기 시작한 것이다.

지금은 우리나라 고추 재배 면적의 70~80%는 고추 탄저병 저항성이 있고 우리 회사 '㈜고추와 육종'은 그곳들에서 고추 종자 판매 대금과 기술 로열티를 받고 있다.

다른 종자회사에서 판매하는 저항성 품종들의 원천 기술이 바로 우리 회사의 것이다.

지금 와 생각해 보면 아찔하다.

창업을 하고 10년을 어떻게 버텼는지.

하지만 포기하지 않고 버텨 준 나 자신이 대견하다.

그때 다른 곳에 취직했거나 사업 자체를 포기했더라면 지금과 같은 영광은 내게 없었을 것이었다.

특히 고전을 하면서도 연구와 개발을 중단하지 않은 것은 지금 우리 회사의 미래 먹거리 토대가 됐다.

회사가 어려운 사정에서도 우린 끊임없는 연구 개발을 진행했다.

그 결과, 우리가 개발한 고추 탄저병 저항성 품종 'AR탄저박사'는 출시 2년 만에 전국적으로 선풍을 끌며 2018년 대한민국 우수품종상을 수상했다.

또 2020년에는 '칼탄박사'라는 복합내병성 품종도 개발해 판매하고 있다.

고추에는 '컬러병(TSWV, 토마토 반점 시들음 바이러스)'이라는 것이 있다.

푸른색 혹은 붉은색이어야 하는 고추 열매가 노란색, 황갈색, 황적색 등으로 알록달록하게 변색되고, 심하면 고추 줄기 전체가 썩어 죽는 무서운 병이다.

이걸 농가에서는 표준 외래어 표기 '컬러병'이 아닌 '칼라병'으로 부른다.

난 컬러병과 탄저병 모두에 저항성을 가진 품종을 개발했고, 이름을 농민들에게 익숙하게 '칼탄박사'라고 지었다. 최근에는 '칼탄세븐'과 '매운칼탄' 품종도 인기가 높아지고 있다.

이들 복합내병계 품종들이 회사에 큰 효자 노릇을 하고 있다.

청양고추에 대해서는 나중에 설명할 기회가 있겠지만, 다른 품종에 비해 저항성이 부족한 청양고추에 탄저병과 컬러병 저항성이 들어간 복합내병성 품종도 조만간 출시를 앞두고 있다.

인도, 동남아, 중국 남부 등에 맞는 수출 전용 저항성 품종도 개발 중이다.

미래의 먹거리 '살리초', 열매가 달리지 않는 기능성 잎줄기 전용 고추에 대해서는 식물 공장 '살리팜' 이야기와 함께 다음 장에….

이 모든 것이 어렵던 시절 나와 우리 직원들이 포기하지 않고 미래를 준비했기 때문이다.

만일 그때 포기했더라면 회사도 망했고 미래도 없었을 것이다.

어려울수록 포기하지 말고 미래를 준비해야 한다.

잘나갈 때는 더더욱 미래를 준비해야 한다.

미래를 준비하지 않으면 현재도 의미가 없다.

오늘도 내일을 위해 충실하게 채워 나가자~!

청양고추 이야기

경북 청송군(靑松郡)·영양군(英陽郡), 충남 청양군(靑陽郡).

이 도시들을 언급하는 것은 청양고추를 설명하기 위해서다.

청양고추의 유래는 품종으로 청양고추와 지역 명칭에 따른 청양고추 등 두 가지로 봐야 한다.

품종으로 청양고추는, 1983년 고추육종학자 유일웅 박사가 제주도 고추와 태국 고추를 교배해 만들었다.

국내에서 재배할 수 있는 토종 종자에 태국 고추의 매운맛을 추가한 품종이다.

유일웅 박사는 평소 친분이 있던 경북 청송군과 영양군 농민들에게 이 품종을 나눠 줬고, 청송군의 '청'과 영양군의 '양'을 따 청양고추라고 명명했다.

청송과 영양 지역은 대표적인 우리나라 고추 주요 재배 단지로, 산비탈 밭에는 거의 모두 고추가 재배되고 있다.

품종으로 청양고추는 우리나라에서 제일 매운 고추로 유명하다.

이제는 전국에서 재배되고 있고 병에 강한 청양고추 품종도 많이 나왔다.

지역 명칭에 따른 청양고추는 충남 청양군에서 나는 고추이다.

고추가 특산물인 고장이기에 매운 고추도 있고 맵지 않은 고추도 있고 품종도 다양하다.

청양에서 나는 고추들은 매워도, 맵지 않아도 모두 청양고추이다.

품종으로 청양고추가 나온 것이 1983년이니 그전부터 지역 명칭에 따른 청양고추는 이미 존재하고 있었다.

다만 품종으로 청양고추가 유명해지면서 한때 '청양고추 원조 논란'이 벌어지기도 했다.

한자 표기도 똑같다. 그래서 원조 논란이 더 뜨겁게 벌어졌었다.

지인들한테 이런 얘길 해 주면 모두 신기해한다.

청양고추는 '매운 고추'라는 인식을 하기 마련인데, 품종으로 청양고추와 지역으로 청양고추를 설명해 주면 다들 재미있게 듣는다.

사실 이 이야기는 고추 농민이나 학자들 사이에서는 '상식'처럼 통하는 것인데 일반인들에게는 신기하게 들리나 보다.

이런 얘길 재미있게 듣는 사람들을 보면 학자로서 또 하나의 사명감이 생긴다.

"고추 이야기를 재미있게 들려주면 일반인들이 고추에 더 관심을 두고 고추를 더 사랑해 주겠구나!"

집사람한테 이런 생각을 전했더니 "맨날 고추 얘기만 하느냐? 누가 들으면 야한 얘기만 하는 사람으로 알겠다!"라고 말하며 웃는다.

사실 청양고추가 품종 측면에서 혹은 지역 측면에서 어디가 원조냐는 중요하지 않다.

한국 사람들이 쌀 다음으로 많이 먹는 채소로 그 품종을 국민이 사랑하고, 그 속에 녹아 있는 스토리를 알고, 한류 열풍을 타고 전 세계 식탁에 우리 고추가 올라가면 그게 최고이다.

이 글을 보신 분들은 충남 청양군에 가서 '고추가 안 맵다'라고 불평하지 마시길 바란다. 충남 청양고추 중에는 매운 것도 있고 안 매운 것도 있다. 품종으로 청양고추는 다 맵다.

나는 매운 청양을 잘 먹지 못하지만, 매운맛은 씨가 달린 태좌 부분에 저장되어 있으니 씨와 태좌를 빼면 먹을 만하다. 아니면 고추를 잘게 썰어서 상추쌈에 삼겹살을 얹어 먹어도 제맛이다.

간첩처럼 지하실로 출근합니다

아래 사진에서 보이는 평범한 주상 복합 건물.

그 건물 지하 1층에 내가 운영하는 농장이 있다.

건물 지하에 농장?

그렇다. 난 전북 김제시에서 '㈜고추와 육종'이라는 회사를 운영하고 있고, 경기도 수원시 송죽동에서는 '살리팜'이라는 회사를 운영하고 있다.

둘 다 100% 내가 지분을 가진 농업 회사이다.

김제시에 있는 농장에는 노지와 하우스 시설이 있고, 수원에 있는 농장은 건물 지하에 있다.

건물 지하에 농장이 있다고 하면 다들 고개를 갸우뚱한다.

상식적으로는 이해가 안 되는 것이다.

농장은 햇볕이 들고, 바람이 통하고, 물이 있어야 하는데, 건물 지하라고 하니 의심이 갈 수밖에.

혹시 영화 〈설국열차〉 기억들 하시는지?

지구가 빙하기로 들어섰는데, 설원을 달리는 기차 안에서는 각종 채소와 식물들이 자라고 있는 모습.

영화 속 장면이지만 그건 허구가 아니라 실제다.

태양광을 대신할 수 있는 조명(LED)과 물, 외부 공기 그리고 약간의 영양분만 있으면, 달리는 열차나 지하실에서도 얼마든지 식물을 키울 수 있다.

이건 학술적으로 '우주 농법'과도 직결된다.

지구에서 살기 어려워진 인류가 미래에 다른 행성에 정착했을 때, 무엇이 가장 중요할까?

먹고사는 것이다.

사실 먹고사는 건 지구에서나 외계에서나 다 똑같이 최우선

인데 사람들은 그걸 모른다. 농업이 최우선이라는 걸 잊고 사는 것이다.

아무튼 우주에서 먹고살려면 결국 농사를 지어야 한다는 얘기인데.

내가 운영하는 지하실 농장 '살리팜'이나 영화 〈설국열차〉에 나온 농장이 그 이론적 토대이다.

인위적인 조명으로 태양광을 대체하고 대기 중 공기를 식물체에 최적화시켜 조절하고, 수분과 영양을 공급한다면 지구가 아닌 다른 행성에서도 얼마든 농사를 지을 수 있다. 우주선에서도 가능하다. 영화 〈설국열차〉에서도 가능했던 것처럼.

최근에는 사막과 남극의 세종기지에서도 큐브형 스마트 팜(식물 공장)에서 각종 채소와 과일을 생산해 먹고 있다.

우리 '살리팜'처럼 건물에서 농사를 짓는 형식을 '실내 농장', '수직 농장', '식물 공장'이라고 한다.

실내 농장은 그야말로 실내에서 농사를 짓는다는 의미이다.

수직 농장은 아래 사진에서 보는 것처럼 여러 개 층에서 농사를 짓는다는 의미인데, 한정된 공간에서 최대한의 수확을 올리기 위해 다단으로 재배하는 것이다. 이에 비해 노지나 하우스에서는 작물이 태양광을 균일하게 받을 수 있는 다단 농사가 거의 불가능하다.

식물 공장은 계절에 구애받지 않고 언제든 작물을 키워 수확할 수 있다는 의미이다. 공장에서 사계절 제품을 만들 듯.

독자 여러분들을 위해 '살리팜'에 대해서는 조금 분량이 많더

라도 쉬운 설명을 해 드리려 한다.

'살리팜'이야말로 사막과 극지 농업은 물론 우주 농업을 준비하고, 미래 농업을 준비하는 최첨단 기술의 결합체이기 때문에 쉽고 자세히 설명해 드리는 게 맞을 것 같다.

암튼 난 오늘도 농사지으러 지하실로 출근한다.

고춧잎이 당뇨를 잡는다!

내가 건물 지하 농장 '살리팜'을 준비한 이유는 AGI(알파글루코시다제 억제제) 때문이었다.

AGI는 당뇨병 치료 약에 많이 쓰이는 혈당 강하 성분이다.

다들 알다시피 당뇨병은 인류의 건강을 위협하는 대표적 질환이다.

우리나라 성인 4명 중의 1명이 혈당이 당뇨 경계선 이상이라고 한다.

고혈당은 운동 부족이나 과식, 탄수화물 과다 섭취, 과영양, 인스턴트 식품 선호 등의 생활 습관 또는 부모로부터의 유전 문제도 있다.

맛있는 음식물이 소화를 거쳐서 장에 들어가 단당류로 쪼개져서 흡수돼 온몸으로 퍼지니 혈액에 당(糖) 성분이 많아지게 된다. 그럼 피가 찐득찐득하게 변하고, 그 찐득한 피 때문에 많은 합병증이 생기는 것이다.

AGI 성분은 소화된 탄수화물이나 다당류들이 장내에서 단당으로 쪼개져서 온몸으로 흡수되는 것을 억제하고 배설시키는 효소 활성화 작용을 한다. 당뇨병 치료 약에 많이 쓰이는 이유다.

물론 운동하고 식이요법을 한다면 당뇨는 치료 및 예방할 수 있다.

그러나 그게 어려워진 상황이라면 AGI 성분이 들어간 기능성 식품이나 약의 도움을 받아야 한다.

'약으로 치료하기 전에 식품으로 건강해지라'는 말이 있다.

AGI 성분이 많은 음식 재료는 '뽕잎', '새싹보리', '고추' 등이 있고, 이들은 이미 당뇨 환자들에게 잘 알려진 식품들이다.

그러나 뽕잎과 새싹보리는 건강 기능 식품으로까지 발전했는데, 고추는 그러지 못했다.

우리와 가장 가까이 있는 작물임에도 불구하고 기능성 관련 연구·활용 측면에서 매운맛인 캡사이신을 제외하고는 답보 상태이다.

고추 탄저병 저항성 연구에 20년을 바쳐 성공을 거둔 나는 '다음 과제는 이거다'라며 무릎을 쳤다.

"고추에 있는 AGI 성분을 활용해 당뇨병 치료에 이바지해 보자!"

그리곤 연구를 시작했다.

그런데 연구에 착수하자마자 신기한 결과를 얻을 수 있었다.

고추 열매보다는 고춧잎에서 AGI 성분이 10배 이상 나왔다.

"어? 그럼 고추 열매를 굳이 키울 필요 없잖아~!"

"AGI 성분이 많은 고춧잎만 잔뜩 있으면 당뇨병 치료 식품 개발에 효율을 낼 수 있지 않겠나~!"

그렇게 해서 나는 2020년 열매가 열리지 않고 잎만 잔뜩 달리는 '살리초'라는 고추 품종을 개발하는 데 성공했다.

'살리초'는 사람을 살리자는 뜻에서 지은 이름이다.

사실 고춧잎에는 너무나 많은 영양소가 있다.

칼슘은 우유보다 13배 많고, 칼륨은 땅콩의 5배, 베타카로틴은 당근의 4배, 비타민B_2는 시금치의 14배, 필수 아미노산은 브로콜리의 12배이다.

또한 고춧잎은 뼈 건강이나 성인병 예방, 피로 해소 등에 뛰어난 효과를 보인다고 알려져 있으며, 예부터 어르신들이 기력이 쇠하는 여름이면 고춧잎을 살짝 데쳐 무쳐 드셨던 것은 다 이유가 있다.

이런 고춧잎을 건강 기능 식품으로 활용하기 위해서 나는 열매가 주렁주렁 달릴 때까지 고추를 키울 필요가 없고, 열매가 열리지 않는 고추 품종 '살리초'를 개발한 것이다.

자, 이제 남은 과제는 이 '살리초'를 어떻게 하면 1년 내내 풍성하게 키워 시장에 내놓을 것인 거였다.

"살리초를 위한 농장, '살리팜'을 만들자!"

'살리팜'을 만들자!

'살리초'를 개발한 나는 2021년 4월, 수원시 장안구 송죽동 주상 복합 건물 지하 1층 90평에 '살리팜'이라는 실내 농장(식물 공장 또는 수직 농장)을 조성했다.

왜 실내 농장인가?

이유는 몇 가지가 있다.

첫째, '살리초'는 열매가 달리지 않는 고추 품종이다. 열매가 달리지 않는데 노지나 하우스에서 키워 고춧잎만 한 번 수확하고 농사를 끝내는 것은 경제성이 없다. 실내에서 키우면 일 년 내내 고춧잎을 수확할 수 있다. 또 실내 농장에서는 수직 농법으로 여러 개 층(다단)에서 재배를 할 수 있다. (35쪽 사진 참조)

둘째, '살리초'의 최종 목표는 건강 기능 식품이다. 그러기 위해서는 무농약이 필수인데, 노지나 하우스에서는 인근 밭이나 논에서 날아온 농약을 피할 수가 없다. 상대적으로 밀폐도가 높은 실내 농장이 무농약을 달성하기에 유리하다.

셋째, 실내 농장은 각종 병원균과 해충을 차단하기에 유리하다. 노지나 하우스는 항상 병원균과 해충에 노출돼 있다. 그러므로 농약이 필요한 것이다. 실내 농장은 시설만 잘해 놓으면 노지나 하우스보다 뛰어나게 청정 상태를 유지할 수 있다.

실내농장에서 '살리초'를 키우기 위해서는 태양광을 대신할 수 있는 조명, 물, 외부 공기, 병원균 차단시설 등이 필요했다.

난 우선 지하 실내 농장에 2,000여 개의 LED 조명을 설치했다. 조도(照度)나 파장, 온도 측면에서 태양광을 대체할 수 있도록 세심한 주의를 기울였다.

그리곤 농장 내부와 외부의 공기가 순환할 수 있는 공조 시스템을 도입했고, 수돗물을 여과시켜 '살리초'에 수분을 공급하는 장치도 만들었다.

물과 함께 적당한 영양분도 '살리초'에 공급된다. 에어 커튼 등 병원균과 해충을 차단하는 시설도 설치했다.

이렇게 해서 나는 '살리초'를 키우는 '살리팜'을 만들었다.

'살리팜'에서 자라는 '살리초'는 씨를 뿌리고 난 후 50~60일이면 수확할 수 있다. 일 년에 6~7번 수확할 수 있다는 얘기다.

거기다 실내 농장은 진열대처럼 다단 재배 배드에서 작물을 키울 수 있으니 면적당 수확량도 노지 대비 다단의 수만큼 월등하다.

물론 실내 농장에서 옥수수나 과실수처럼 키가 큰 작물들을 키우는 것은 현재 기술로는 효율이 떨어질 수 있다.

그러나 '살리초'나 상추같이 키가 크지 않고 잎을 수확하기 위한 작물들은 지금도 충분히 경쟁력이 있다.

실제 '살리초' 가루와 환(丸)은 이미 시중에서 판매되고 있다.

실내 농장의 작물이 수확돼 소비자들에게 공급되고 있는 것이다.

전임상 동물 실험도 마쳤는데 항당뇨 효과는 물론 고지혈증과 콜레스테롤, 간 기능 개선 등 당뇨와 연관된 대사성 질환에 효과가 있다는 검증을 받았고, 특허 출원도 2건이나 했다.

건강 기능 식품으로 인증을 받기 위해서는 임상 실험 1번만 남았다.

물론 '살리팜' 말고도 실내 농장은 국내에 여러 군데가 있고, 그중에는 좋은 작물들을 키우는 데 성공해 부농을 바라보는 농민들도 있다.

농업의 패턴이 바뀌고 있다.

국가도, 지방자치정부도 기후 위기 대응과 식량 안보 그리고 맞춤형 식의약 신소재 개발 등을 위해, 미래 기술이 집약되고 있는 이 실내 농장을 자세히 들여다볼 필요가 있다.

농사는 땅에서 지어야 한다?

당뇨병 예방 및 치료 성분이 있는 '살리초'를 개발한 나는 '살리팜'이라는 실내 농장을 만들어 재배 및 수확에 성공했다.

이 '살리팜'은 야외 땅이 아닌 도심 주상 복합 건물 실내 지하에 있다.

"땅이 아닌 곳에서 농사를 짓는다."

돌아가신 우리 아버지가 들으시면 '말도 안 된다'며 뒤통수를 한 대 치셨을 텐데, 그런 일이 실제로 일어나고 있는 것이다.

'살리팜' 같은 실내 농장은 인류의 발달한 기술이 없었다면 불가능한 일이다.

태양광을 대체할 LED 조명이 있고, 공기 순환 장비가 있고, 외부 병원균을 차단하는 시설이 있어서 가능한 일이다.

자, 이제 인류는 땅이 아닌 실내에서도 작물을 대량 재배 할 수 있는 기술을 가졌다.

이제는 정부와 정치권, 지방자치단체가 이 실내 농장에 대해 고민을 할 때다.

실내 농장은 새로운 산업이다.

농사를 지으려면 당연히 매매나 임대 등의 방식으로 농지를 확보해야 했었다.

그러나 실내 농장은 나처럼 건물 지하를 임대해서도 농사를 지을 수 있다. 지상층보다 임대료도 저렴하다.

새로운 방식의 창업이 가능한 것이다.

도심 속 건물 지하에서 신선한 채소를 재배해 인근 가정이며 식당에 납품을 한다면 고객들을 바로 옆에 둔 농장이 될 수 있다.

실내 농장은 새싹 농업의 번창이다.

요즘 새싹 채소들을 많이 먹는다. 새싹보리, 새싹인삼, 새싹열무, 새싹배추 등.

내가 개발한 '살리초'도 열매가 달리지 않는 새싹고추인 셈이다.

그런데 노지에서 씨를 뿌려 이런 새싹 채소들을 몽땅 수확하고 나면 일 년 농사는 종료이다.

실내 농장은 다르다. 연중 같은 기후와 습도 등이 보장돼 있으니 새싹을 수확해도 또 파종해 농사를 지을 수 있다.

'연중 새싹을 팔아 수익을 올릴 수 있고 소비자는 아삭아삭한 새싹 채소들을 언제든 먹을 수 있는 것이다.

실내 농장은 무농약이다.

실내 농장에서는 외부 병원균이 들어올 수 없으니 농약을 칠 필요가 없다.

소비자들한테는 이만큼 안전한 먹거리는 없는 것이다.

실내 농장은 재난과 기후 변화에 강하다.

지구가 기후 변화로 몸살을 앓고 있다. 한반도 역시 예외는 아니다.

노지 농업은 폭염과 폭우를 만나면 대책 없이 타격을 입는다.

그런데 실내 농장은 전혀 그렇지 않다. 폭염과 폭우, 한파, 폭설에도 아무 상관 없이 사시사철 작물을 키워 수확할 수 있다. 안정적 농업 생산을 보장해 주는 것이다.

이제 우리도 이 같은 실내 농장에 눈을 떠야 한다.

미국과 유럽, 일본은 물론 중국도 실내 농장 발전에 노력을 기울이고 있다.

점점 심각해져 가고 있는 기후 위기 대응과 식량 안보 및 종자주권 사수 등 농업 선진국의 대열에 합류하기 위해서는 반드시 실내 농장(스마트 팜)이 발전해야 한다. 농업을 포기한 선진국은 없다.

특히 우리같이 땅이 좁은 나라에서는 실내 농장이 국토 활용도를 높이는 역할까지 할 수 있다.

인간 생활에서 가장 최우선은 먹고사는 것이다.

국민을 먹여 살리는 농업에 새로운 트렌드가 있다면 정부와 정치권, 지방자치단체는 당연히 관심을 가져야 한다.

그게 제대로 된 국가다.

치유농업

현대 농업에는 '치유농업'이라는 개념이 있다.

심신이 지친 사람들이 농작물을 돌보고 키우면 치유 효과가 있다는 것이고, 의학적으로도 입증이 됐다.

씨를 뿌리고, 자라는 작물을 돌보고, 수확의 기쁨까지 느끼면 스트레스에 찌든 사람도, 나쁜 병에 걸린 환자도 치유에 도움을 받을 수 있다는 것이다.

우리나라에서도 치유농업이 유행하고 있다.

소방관들을 위한 치유농장도 있고, 암 환자들을 위한 치유농장도 있다.

학생들의 스트레스를 줄이기 위해 치유농장을 만드는 학교도 제법 있다.

주민들을 위한 지하철역 내 실내 농장도 치유농장의 개념으로 운영되고 있다.

그런데 치유농장이라는 것이 꼭 그럴듯한 농지나 실내 농장이 있어야 하는 것은 아니다.

집에서도, 아파트 베란다에서도 할 수 있다.

요즘 한창 모종을 심는 시기다.

가까운 모종 가게나 화원에 가서 화분에 키울 수 있는 상추며 고추 등을 사서 키워 보자.

새싹삼이나 장뇌삼도 집에서 키우기 좋은 종자이다.

식물은 동물처럼 병원 데려갈 일도 없고, 배설물을 치우거나 목욕을 시킬 필요도 없다.

아파트 베란다 같은 경우에는 외부에서 병원균이나 해충이 침투할 확률도 낮으니 상대적으로 안정적이다.

그냥 좋은 흙에 모종을 심어 놓고 가끔 물을 주면 매일매일 식물이 자라는 것을 보며 수확의 기쁨도 누릴 수 있다.

작물이 자라는 만큼 집에서 상추며 고추를 따서 식탁에 올리는 재미는 정말 쏠쏠하다.

가족 간 대화 소재도 생기고 하루가 다르게 자라는 작물을 보는 아이들에겐 더할 나위 없는 자연 교육이다.

이게 바로 치유농업이다.

예부터 농사를 짓는 사람들은 악한 이가 없다고 했다.

농사는 자연에 순응하고 자기가 노력하고 정성을 들인 만큼 거둬 가는 일이다.

그걸 집에서 온 가족이 체험한다면 화목과 치유가 동반되기 마련이다.

이웃끼리 친지끼리 모종을 선물하는 것도 좋은 일이다.

꽃이나 화분을 선물하듯 모종을 선물하면 '치유'를 선물하는 셈이다.

상추나 고추 모종이 자라면 이웃끼리 모여 한 끼 식사에 훌륭한 치유 채소를 곁들일 수도 있다.

이렇게 되면 일선 채소 농가에 피해를 주는 것 아니냐고?

화분에 작물을 심는 치유농업은 자급자족용이 아니라 그야말로 정서적 치유용이다.

규모 면에서 채소 농가에 피해를 줄 일은 거의 없다.

아파트 베란다 화분이나 옥상 정원에서 키우기 좋은 작물은 상추, 쑥갓, 고추, 대파, 열무순, 곰취, 명이나물 등이다.

요즘에는 다양한 기능성 채소들도 있어서 좋은 식자재를 먹는 것으로도 다양한 질병을 예방하거나 치료까지도 가능할 수도 있겠다.

베란다 화분에 '살리초' 몇 개 심어 놓고 잎줄기를 계속 수확해서 먹을 수 있겠으니, 당뇨나 대사성 질환이 걱정되는 사람들에게 권하고 싶다.

모종 가게에 가면 품종도 추천해 줄 것이고, 재배 방법과 작물에 따른 화분 크기까지 자세히 알려 준다.

날이 더워지고 있으니 치유농장을 하려면 이번 달 안에는 시작하는 게 좋다.

특히 아빠들!

대형 화분이나 베란다 전체를 농장으로 만드는 것은 하지 마시라.

일을 크게 벌이면 낭패를 당하니 화분 서너 개 정도가 적당하다.

2장

내 고향 용인 이야기

MZ는 상권 활성화 마술사들

서울 영등포구 문래동 공구 상가.

일제강점기부터 공구 및 철 가공 등의 산업을 이어 오던 이곳은 10여 년 전부터 쇠락을 거듭해 왔다.

상가 주인들이 나이가 들기도 했고, 수도권 곳곳에 현대식 공구 상가들이 생기며 고객들이 이탈했기 때문이다.

그런데 몇 년 전 금속 공예를 전공하는 젊은이들이 이곳 조그만 빈 상가 하나를 임대했다.

그리곤 주변 철 가공 업체 주인을 찾아가 이런저런 작품을 만들 것이니 철을 이렇게 저렇게 가공해 달라고 주문을 했다.

주인은 정성을 들여 젊은이들의 요구를 들어줬다.

그러고 나니 또 다른 팀들이 공구 상가를 찾기 시작했고, 어느새 상가에는 젊은 예술인의 출입이 잦아졌다.

그러다 보니 빈 점포에 예쁜 카페도 들어섰고, 수제 맥줏집,

피자집 등등이 문을 열더니 지금은 서울의 핫 플레이스인 '문래동 예술촌'이 됐다.

MZ세대가 쇠락하던 상권을 다시 살린 것이다.

어디 이곳뿐인가?

경리단길, 가로수길, 성수동 수제화 거리, 수원 행궁동 행리단길 등 젊은 세대들이 살려 낸 상권은 전국적으로 무수히 많다.

젊은이들은 어떻게 죽어 가던 상권을 살려 낼 수 있었을까?

우선, 젊은이들은 임대료가 저렴한 상권을 원한다.

이들은 누구의 강요나 계획이 아닌 자발적인 경제 의지로 저렴한 상권을 택한 것이다. 그리고 젊음의 감각으로 가성비 높고 예쁘고 독특한 점포를 꾸민다.

여기에 창작을 하는 젊은이들이 가세해 공방과 작업실, 스튜디오 등을 운영하며 거리에 활기를 불어넣는다.

그리곤 이들 젊은이 대부분이 SNS라는 촘촘하고도 거대한 확장력을 가진 홍보 수단으로 고객들을 유치한다.

이런 MZ세대 상권 부활의 패턴은 크게 비용이 들어가지 않으면서 거리를 재생시키고 모객을 한다는 특성이 있다.

인위적으로 혹은 강요에 의해서는 되지도 않을 일이다.

내 고향 용인에도 '중앙시장'이라는 랜드마크 상권이 있다.

그러나 대형 유통 매장의 지역 진입과 경기 침체 등으로 녹록하지 않은 상황이다. 상인들 걱정도 이만저만이 아니다.

이 중앙시장 활성화를 위해 MZ세대와 손을 잡는 방법을 모색할 필요가 있다.

시장 내부와 주변의 공실 상가를 젊은이들에게 저렴하게 임대해 창업을 유도 하는 것이다.

또 주변 빌딩에는 젊은 창작인들이 활동할 수 있는 공간을 만들어 음악, 미술, 무용, 영상 등의 문화 인프라로 육성하는 것이다.

이들은 엄청난 열정으로 중앙시장과 함께할 것이고, 그들이 뿜어내는 SNS 홍보는 폭발적 흥행을 가져올 것이다.

용인 일대에는 대학들이 많아서 유리한 여건이다.

현재 용인중앙시장 일대 20만㎡에서는 4년간 650억 원이 투입되는 도시재생사업이 진행 중이다.

예산을 살펴 MZ세대 유입 방안을 면밀히 검토할 필요가 있다.

예산이 부족하면 추가 투자도 망설이지 말아야 한다.

처인구 농업은 반도체다

용인시 전체 면적은 591,235,776㎡(약 1억 7,900만 평)이다.

이중 처인구의 면적은 467,488,864㎡(약 1억 4,100만 평)로, 시 전체 면적의 약 80%를 차지한다. 서울시 전체 면적과 비교해도 80% 정도이다.

처인구의 토지 지목별 현황을 보면 전체 면적 467,488,864㎡ 중 전(田·밭)이 35,733,561㎡(약 1,100만 평), 답(畓·논)이 61,985,156㎡(약 1,900만 평)이다.

여기에 과수원 230,147㎡(약 7만 평), 목장용지 2,711,213㎡(약 82만 평)도 있다. 더구나 임야가 258,428,556㎡(약 7,800만 평)을 차지하고 있다.

처인구는 전체 면적의 77%가량이 녹색인 셈이다.

임야를 뺀 농축산 토지는 22%가량.

처인구에 원삼 SK하이닉스 4,150,000㎡(약 130만 평), 이동·남사 첨단 시스템 반도체 국가산업단지 7,100,000만㎡(약 210만평) 등이 들어서면 농지는 상당 부분 줄게 돼 있다. 농지가 더 귀해진다는 얘기다.

처인구 농업은 시장성도 뛰어나다. 용인시 인구가 110만에 육박하고 있고, SK와 삼성이 들어오면 유동 인구는 엄청난 규모로 늘어난다.

농지 비율이 미미한 인근 성남시와 수원시, 동탄신도시 등도 배후 수요가 된다.

500만 명! 대한민국 인구의 10%를 먹여 살릴 농지가 처인구에 있는 것이다.

처인구 농업은 전국 최고의 가치를 누릴 수 있다.

다만, 전제 조건이 있다.

농업 구조를 혁명적으로 바꾸어야 한다.

국가적으로도 쌀이 남아도는 데 비싼 용인 땅에서 쌀농사를 짓는 것은 지양(止揚)해야 한다.

과감하게 쌀농사를 줄이고 쌈채류, 채소류, 특용작물, 과일, 축산 등과 같은 시장성과 소비성 높은 농업 구조를 갖추어야 한다.

지구 온난화로 이미 작물 재배 북방 한계선이 올라와 있는 상태다.

남부 지역에서 키우던 작물들도 용인에서 재배가 가능한 시대가 됐다.

이미 경기도 광주에서는 감귤 농사를 짓고 있고 최전방 지역에서는 사과 농사를 짓고 있다.

이렇게 해서 좋은 채소와 과일들이 지역에서 생산된다면 용인 농업은 반도체 산업 이상의 부가 가치를 올릴 수 있다.

새벽에 가락동으로 작물을 실어 나를 필요도 없다.

용인에서 우선 판매하고 성남과 수원, 동탄까지 납품하면 가락동에 넘길 물량이 없다.

지역에서 난 우수한 농축산물을 지역에서 소비하는 것을 '로컬푸드'라고 한다.

일본에서는 '지산지소'라 하여 도시 반경 50㎞ 안에서 생산된 농수축산물을 그 지역에서 소비하는 정책을 꾸준히 진행해 오고 있다.

이는 탄소 발자국을 줄이고 궁극적으로 탄소 중립을 선언한 우리나라에 꼭 필요한 정책 중의 하나라고 생각된다.

이런 로컬푸드 시스템이 활성화되면 인접 산업도 발전한다.

운송, 냉동, 냉장, 유통, 식당, 설비, 농자재 등 모두 활황을 누릴 수 있다.

또한 기후 위기에 대응하기 위한 미래 농업, 스마트팜단지도 처인구의 미래 신성장동력이 될 수 있음을 직시해야 한다.

SK하이닉스와 삼성 국가산단으로 처인구는 전례 없던 기회를 잡았다.

그 기회가 단순히 땅값 오르고 집값 오르는 일회성 이벤트로 그쳐서는 안 된다.

반도체 못지않은 고부가 가치 산업.

처인구의 미래 농업이 그 선두에 서야 한다.

처인구를 실리콘밸리로!

1815년, 인도네시아 탐보라 화산이 폭발했다.

인류 역사상 가장 끔찍한 화산 폭발로, 현지인 10만 명 이상이 목숨을 잃었다.

문제는 거기서 끝나지 않았다.

화산재가 지구를 덮으면서 전 세계는 2년간 냉해와 기근에 시달려야 했다.

화산재로 인해 햇볕이 안 들어 농사를 망친 것이다.

유럽에서는 200만 명이 굶어 죽었고, 조선 땅도 흉작을 피해 갈 수 없었다.

신대륙을 찾아 떠난 유럽인들은 미국 동부에 정착했는데, 역시 화산재로 인해 여름에도 눈이 내리고 농작물들이 죽어 나갔다.

먹을 것이 부족해지자 그들은 서부 개척을 시작한다.

탐보라 화산은 세계의 많은 문화를 바꾸어 놓았다. 패션, 음식, 교통, 주거, 정치 등등.

미국인들의 서부 개척 또한 탐보라 화산이 낳은 세계사의 변화다.

서부에 도착한 미국인들이 가장 먼저 한 일은 무엇이었을까?

먹고사는 것이 중요했으니 농사를 지었다. 그리곤 학교를 세웠다.

태평양을 낀 미국 서부 캘리포니아는 화산재의 영향이 덜했고 드넓은 땅과 강렬한 햇볕이 있었다.

농민들은 죽을 고생을 하며 농지를 일궜고, 씨를 뿌렸다.

후에 이 농민들이 만든 브랜드가 선키스트(Sunkist). 태양과 키스했다는 뜻이다. 오렌지 등 각종 과일, 그리고 주스로 유명한 브랜드다.

많은 사람이 선키스트를 회사 이름으로 알고 있는데, 회사가 아니라 농민들이 만든 협동조합이다.

선키스트를 비롯한 캘리포니아 농민들은 값싸고 질 좋은 농산물을 서부에 공급하며 식량 창고 역할을 했다.

값싸고 질 좋은 농산물이 있으니 사람들은 편하게 일하고 공부할 수 있었다.

이들이 세운 학교는 세계적 명문이 된 현재의 캘리포니아대학교 로스앤젤레스(UCLA), UC 버클리대학교, 스탠퍼드대학교 등이다.

캘리포니아는 이 같은 서부 개척자들의 농업과 교육열을 바탕으로 걱정 없는 먹거리와 교육 시스템을 갖추게 됐고, 그 후손들은 세계 최고의 첨단산업기지 '실리콘밸리'를 세웠다.

용인시 처인구는 한국의 실리콘밸리로 부상할 기회를 맞았다.

원삼 SK하이닉스와 이동·남사 삼성 국가 첨단산업단지가 들어서면 세계 최고의 반도체 벨트가 될 것이며 무수한 협력업체들까지 입주해 미래 기술을 선도할 것이다.

미국 서부 개척자들이 좋은 먹거리를 만들고 좋은 학교를 세워 실리콘밸리를 끌어냈던 것처럼, 용인도 미래 산업의 기반을 튼실히 갖추어야 한다.

처인구의 농업 구조 개편으로 선키스트 못지않은 브랜드를 만들고 용인 반도체 마이스터고등학교 설립을 비롯해 지역 대학의 반도체 전공 과정도 신설 및 확대해야 한다.

결과적으로 처인구의 진정한 발전을 위해서는 산업적 토대 위에 반드시 주거, 교육, 의료, 문화, 교통, 관광, 여가 등의 인프라를 잘 갖추어야 한다.

그래야 든든하게 미래를 맞을 수 있다.

우리들의 든든한 미래를 위해 지금 우리는 생각하고 행동해야 한다.

대학은 지역의 귀한 자산(資産)이다

프랑스 파리에 가면 아침마다 진풍경이 벌어진다.

학교 도서관에 들어가기 위해 대학생들이 긴 줄을 늘어서는 것인데, 그들이 줄을 서 있는 곳은 시내다. 교내가 아니라 시내. 커피숍도 있고 극장도 있고 옷가게도 있는 시내.

파리 소재 대학들의 상당수는 울타리나 담장이 없다.

그러다 보니 일반 건물들과 대학 건물들이 별다른 구분 없이 혼재하듯 자리를 잡고 있다.

아침에 도서관에 가려는 대학생들이 시내에 줄을 서는 이유다.

우리 용인 처인구로 치자면 중앙시장과 대학 건물이 혼재된 셈이다.

파리 소재 대학은 원래 '소르본(Sorbonne)'으로 통하던 유럽 최고의 지성체였다.

이게 나중에 파리1대학~파리13대학으로 분리됐고, 최근에는 몇몇 대학교들이 통합했다. 이런 파리 소재 대학의 학생 수는 6만~7만 명에 달한다.

학생과 시민의 공간이 분리되지 않았으니 학문과 일상 삶의 경계도 없다.

그래서 파리는 구두 수선공 할아버지도, 술집 주인아저씨도 '데카르트의 철학'을 논하고 '실존주의'를 토론한다.

대학생들도 언제나 시내와 교내 구분이 없는 파리에서 먹고, 마시고, 놀고, 소비를 한다.

내 고장 용인 처인구는 대학의 도시이다.

명지대학교 자연캠퍼스, 용인대학교, 용인예술과학대학교, 한국외국어대학교 글로벌캠퍼스 등 유수의 대학들이 자리를 잡고 있다.

명지대학교 1만 명, 용인대학교 9,000명, 용인예술과학대학교 5,000명, 한국외국어대학교 1만 명 등 용인에서 대학교나 대학원에 다니는 학생들 수만 어림잡아 3만 4,000명 내외다.

처인구 인구가 27만 명 정도이니 인구 대비 13%가 대학생·대학원생이다.

이 정도면 처인구는 아카데믹 도시다.

명지대학교는 자연캠퍼스에서 미래 용인의 성장 원동력이 될 반도체나 정보통신 및 바이오 식의약·신소재 개발 인재들을 길러 내고 있다.

용인대학교는 동문이 올림픽 메달 52개를 획득하며 대한민국이 획득한 메달 10개 중 2개는 용인대학교 출신들의 것이라는 신화를 써 왔다.

용인예술과학대학교는 컴퓨터, 웹툰, 방송, 연기, 제과제빵, 반려동물 등의 학과를 운영하며 최신 트렌드를 선도하고 있다. 야구부도 있다.

한국외국어대학교는 외국어와 인문, 공과대, 경상대 등의 학과를 운영하며 자타가 공인하는 대한민국 최고의 인재들을 배출하고 있다.

이들 대학은 앞으로 처인구에 구축될 원삼 하이닉스나 이동·남사 반도체 벨트에도 중요한 축을 담당할 것이다.

처인구로선 이들 대학이 보배와 다름없다.

처인구는 이들 대학과 좀 더 친해져야 한다.

대학을 캠퍼스에만 머물게 하지 말고 주민들 곁으로 끌어내야 한다.

지역 현안도 함께 논의하고 공공디자인과 마케팅, 공연, 예술 등의 분야에서도 꾸준히 교류해야 한다.

파리 시민과 대학이 경계가 없는 것처럼.

우선 처인구에 있는 대학들의 '통합 축제'를 기획해 보자.

캠퍼스 안에서 열리는 대학 축제를 시내에서 여는 것이다. 야외 공연도 하고 전시회도 하고 거리극도 할 수 있다.

대학생들이 주민들이나 청소년들에게 재능 기부 강좌도 개최하면 더더욱 좋다.

명지대학교 주간, 용인대학교 주간, 용인예술과학대학교 주간, 한국외국어대학교 주간 등으로 나누어서 용인 시내를 대학 축제의 장으로 개방하는 것이다.

중앙시장, 각급 학교, 용인시문예회관, 용인문화예술원, 용인 미르스타디움 등 장소는 얼마든지 있다.

대학생 3만 4,000명이 시내에 '돈줄'을 내고 가는 것도 기대해 보자.

우리의 미래 MZ세대들이 신명 나게 살아가는 용인을 기대해 본다.

처인구에 컨벤션센터는 하나 있어야죠

마이스(MICE) 산업이라는 게 있다.

기업 회의(Meeting), 포상 관광(Incentives), 컨벤션(Convention), 전시(Exhibition) 등의 약자이다.

서울에 있는 코엑스나 고양에 있는 킨텍스 등을 생각하면 이해가 빠르다.

기업들이 미팅하고 종사자들이 포상 관광을 하고, 기업들의 물건이나 기술을 한곳에 모아 비즈니스를 하고, 다양한 전시까지 가능한 분야가 마이스 산업이다.

미국 라스베이거스에서 열리는 세계 가전·IT 전시회 'CES'나 일본 도쿄에서 열리는 세계 최대 자동차 기술 전시회 'AUTOMOTIVE' 등을 보면 마이스 산업의 위력을 알 수 있다.

전 세계 관련 기업 3,000~5,000개가 자신들의 제품과 기술을 들고 와 전시하며 마케팅에 열을 올린다.

그리곤 관련 업계 종사자와 언론, 일반인 등 수십만 명이 전시회를 관람하고, 비즈니스 미팅을 하고, 관광을 하고, 쇼핑을 한다.

이런 전시회를 여는 지역은 당연히 경제가 활성화되기 마련이다.

내 고장 용인시 처인구는 용인종합운동장 용지 활용 방안이 이슈다.

용인시가 애초 공원을 조성하려 했지만, 최근에는 공공청사와 반도체 클러스터 관련 시설 등을 검토하고 있다는 소식이다.

잘한 일이다.

조금 더 나아가 용인종합운동장 용지에 컨벤션센터까지 넣는다면 지역 발전을 위해 큰 도움이 될 것으로 본다.

처인구에는 원삼 SK하이닉스 4,150,000㎡(약 130만 평), 이동·남사 첨단 시스템 반도체 국가산업단지 7,100,000만㎡(약 210만 평) 등이 들어선다.

이들 단지가 완공되면 처인구는 세계 최대의 반도체 벨트로 부상하게 된다.

수많은 국내 인력은 물론, 외국인 관계자들까지 운집하며 첨단 기술의 비즈니스 장이 될 것이다.

이렇게 되면 당연히 컨벤션 시설이 필요하다. 하이닉스와 삼성 반도체 단지를 찾은 내외국인들이 묵을 호텔까지 붙어 있으면 더 좋다.

처인구에 세계 최대 반도체 벨트가 있는데 관련 컨벤션과 비즈니스 미팅을 서울에 가서 하는 건 효율이 떨어지고 지역 경제에도 도움이 안 된다.

국내는 물론 전 세계에서 몰려든 기업과 종사자들이 세계 최대 반도체 관련 전시를 열고 비즈니스를 하고 먹고, 마시고, 관광한다고 생각해 보라.

용인 처인구는 전 세계 반도체 산업의 중심이 될 것이고, 중앙시장과 에버랜드, 민속촌, 한택식물원, 각 사철 템플스테이 등도 활황을 맞을 수 있다.

처인구에 컨벤션센터가 생기면 반도체 관련 전시회뿐만 아니라 타 산업 관련 MICE도 연중 유치할 수 있다.

처인구는 연중 북적대는 손님들을 맞을 수 있다는 얘기다.

철거가 완료된 용인종합운동장 용지를 보며 '컨벤션센터 하나로 도시의 격이 달라질 수 있음'을 생각해 본다.

처인구민, 공무원,
다 함께 이뤄 낸 경안천의 기적!
이젠 경제 하천으로

용인시 처인구를 관통하는 대표적 하천이 경안천과 금학천이다.

경안천은 호동에서 발원해 마평동과 김량장동, 유림동, 포곡읍, 모현읍을 거쳐 수도권 주민 식수원인 팔당으로 유입된다.

금학천은 경안천의 지류다. 석성산과 부아산 계곡에서 시작한 물줄기가 모여 삼가동, 역북동, 김량장동을 거쳐 경전철 '운동장역' 지점에서 경안천과 합류한다.

내가 초등학교 무렵만 해도 경안천에서 멱을 감고 수영도 했다.

지금은 상상도 못 할 일이다. 멱 감고 수영을 했다는 것은 그만큼 수질이 좋았다는 것이고 유량(流量)도 많았다는 얘기다.

물이 깨끗했으니 어머니들은 경안천에 모여 빨래를 하기도 했다.

그런데 중고등학교 무렵부터는 경안천에서 멱 감는 모습을 볼 수 없었다.

물이 더러워 주변에만 가도 악취가 진동했으니 사람이 들어갈 일이 없어졌다.

원인은 모르겠지만 급격한 수질 오염이 시작됐던 것이었다.

1990년대 말부터 우리 정부는 수질오염총량제라는 것을 도입했다.

수도권의 경우 한강으로 유입되는 지천(支川)들의 지자체가 정해진 오염 총량을 지키지 못할 경우, 해당 지역의 개발을 제한하는 내용이었다.

처인구는 그 직격탄을 맞았다. 썩은 경안천을 살려 내지 못하면 처인구는 아무것도 할 수 없다는 국가의 명령이었다.

그런 경안천을 처인구민들이, 공무원들이 살려 냈다.

지난 3월 기준 환경부 수질 측정망 데이터를 보면 경안천의 생화학적 산소요구량(BOD)은 운학동 지점이 0.4였고, 운동장역 지점이 1이었다. 포곡 지점은 1.1이었고, 모현 지점도 1이었다.

BOD 생활 환경 기준은 1 이하는 매우 좋음, 2 이하는 좋음, 3 이하는 약간 좋음, 5 이하는 보통, 8 이하는 약간 나쁨, 10 이하는 나쁨이다.

용인 시내를 관통하는 경안천 수질은 대부분 매우 좋음에 해당하는 것이다.

우리가 어릴 적에는 수질 측정을 하지 않았으니 데이터를 알 수 없지만, 그때는 악취나 탁도로 봐서 10 이하 나쁨 수준이었을 것이다.

실제 지난 2000년대 중후반 자료를 봐도 경안천 수질은 5~6이었다.

이랬던 경안천 수질이 획기적으로 개선된 것은 무엇보다 주민들이 불편을 감수하고 재산 행사에 대한 제한을 받으면서까지 정부 정책에 협조했기 때문이다.

그다음은 그간 용인시를 거쳐 간 시장님들과 시의원님들, 그리고 공무원들이 경안천 수질 개선을 위해 과감한 투자와 연구개발을 했기 때문이다.

지금 처인구에 아파트 단지들이 속속 들어서고 있는데, 경안천 수질이 개선되지 않았다면 이들 사업은 시작도 할 수 없었다. 하천 수질을 개선하지 않으면 개발 사업을 용납하지 않는다는 정책은 대한민국 정부의 일관된 입장이기 때문이다.

요즘 경안천과 금학천에 나가 보면 많은 사람이 깨끗한 자연환경을 벗 삼아 걷고 뛰고 자전거를 타는 모습을 볼 수 있다.

그 더럽던 하천이 이렇게 바뀌었다는 게 신기할 정도다.

이젠 한 발 더 나아가 경안천과 금학천을 경제 하천으로 만들 필요가 있다.

한강까지 이어진 자전거 길의 시발점과 종착점으로 경안천 금학천을 활용하는 것이다.

'경안천 자전거 관광 센터'를 중앙시장 인근에 조성해서 수도권 각지에서 온 라이더들이 자전거를 안전하게 세우고 용인 시내 관광 및 쇼핑에 나설 수 있도록 하는 것이다.

부지도 경안천 둔치를 활용하면 된다.

처인구민들이 희생을 감수하면서까지 한강 식수원을 지켰으니, 이제 수도권 사람들이 용인에 와서 돈을 쓰도록 하는 것. 그걸 나는 경제 하천이라고 생각한다. 용인에서 하루 묵고 가면 더 좋다. 금학천 발원지와 맞닿은 용인미르스타디움을 자전거 캠핑장으로 활용해도 좋겠다.

처인구 응급의료체계 강화해야

며칠 전, 처인구 원삼면에서 승용차에 치인 70대 교통사고 환자가 용인에 있는 병원은 물론 인근 도시 11개 병원을 전전하다 이송 거부로 사망했다는 안타까운 소식을 들었다. 이유가 병상 부족이라니, 참으로 어이없고 속상하다.

요즘 국가적으로 의료체계에 대한 논란이 많다.

소아과 의사 부족, 응급실 병상 부족 등등 각종 매체에서 연일 뉴스로 다룰 만큼 사회적인 문제다.

의료체계는 국민의 생명과 직결된다. 그게 무너지면 국민이 안심하고 살 수 없고, 국민이 안심하고 살 수 없으면 국가의 존재도 무의미해진다.

특히 응급실 병상 부족을 놓고서는 '응급실 뺑뺑이'라는 말까지 생겨났다.

119 대원들이 환자를 이송하면서 응급실 병상이 없어 이 병

원 저 병원을 전전하다가 결국 환자가 숨진다는 표현이다.

심각한 외상이나 심정지 등의 환자들은 일분일초를 다투기 마련인데, 병원에 병상이 없다는 건 꼼꼼하게 따져 봐야 할 문제다.

경미한 환자에게는 처치는 해 주되 응급실 병상을 주지 말아야 한다는 의견도 있고, 중증 환자를 위한 병상을 일정 부분 비워 놔야 한다는 의견도 있다.

우리 처인구에는 다보스병원과 서울병원, 명주병원 등에 응급실이 있다.

이들 병원 모두 용인 시내에 있다.

용인시 전체 면적은 591,235,776㎡(약 1억 7,900만 평)이다.

이중 처인구의 면적은 467,488,864㎡(약 1억 4,100만 평)로, 시 전체 면적의 약 80%를 차지한다. 서울시 전체 면적의 80%라니, 넓다.

이렇게 넓은 처인구에서 응급 환자가 발생하면 '골든타임'은 더욱 절박해진다.

예를 들면, 백암면사무소에서 처인구청까지 오는 시간은 30~40분.

응급 상황을 알리고 119가 도착해 환자를 이송하는 시간까지 합치면 이보다 더 길어진다.

대로변이 아니라 시골 골짜기 마을이라면 더더욱 시간이 걸린다.

위중한 환자와 가족들에게는 생명이 오가는 시간이다.

용인이라고 하면 땅값이 비싸고 개발 호재가 가득한 지역으로 알기 마련이다.

하지만 처인구는 워낙 넓은 땅과 의료기관까지의 거리 때문에 응급 상황에서는 격오지나 다름없다.

기흥구와 수지구는 동백 세브란스병원이 있고, 인근 분당이나 수원, 동탄 등지 응급실도 가깝다.

처인구의 응급의료체계를 보강하기 위한 제안을 해 본다.

첫째, 시골 마을 주민들을 대상으로 심폐 소생술 교육을 강화해야 한다. 적어도 119가 도착하기 전까지는 내 가족, 내 이웃이 생명을 유지할 수 있어야 한다. 심장 충격을 위한 제세동기의 보급도 시골 마을 구석구석까지 늘리고 사용법도 모두 알아야 한다. 주민도 학생도.

둘째, 읍면별 119 거점과 지역 응급의료센터 간 협업을 강화해야 한다. 각종 상황에 대비한 대응 요령을 시뮬레이션시키고, 실제 연습도 주기적으로 실시해야 한다. 이 같은 시스템을 주민들에도 전파하게 시켜 위급 상황에서는 어떤 대응을 해야 하는지 알려야 한다.

셋째, 지역 응급의료기관에 대한 지원을 늘려야 한다. 장비가 없어서, 담당 의사가 없어서 명을 달리하는 경우가 없어야 한다. 이러기 위해서는 예산이 들어가야 한다. 처인구 응급의료기관에 대한 지원 예산을 늘려 놔야 진정한 주민 안전 서비스를 펼칠 수 있다.

용인은 앞으로 반도체 산업의 메카이며, 미래 농업을 선도할 것이다.

이 같은 응급의료체계를 지금부터라도 갖춰 놓으면 누구나 안심하고 투자하고 안심하고 취직할 수 있는 도시가 된다.

이걸 나중에 하려면 늦는다. 지금부터 해야 한다.

마약, 지역 사회가 막아야 한다

전 세계적으로 마약이 심각한 문제다.

우리나라도 예외는 아니다.

코로나19 때문에 각종 물품의 해외 직구 거래가 늘어났고 마약이 그 속에 숨어들어 온 것이 큰 이유라고 한다.

직구 거래 물량이 많으니 그 속에서 마약을 걸러 내기가 힘들다.

또 신종 마약들은 적발이 힘들고 가격도 저렴해 맘만 먹으면 구할 수 있다고 한다.

청소년과 청년들이 마약이 든 음료수를 마셨다거나 마약 파티를 즐겼다거나 병원의 과다한 처방으로 마약에 중독됐다는 뉴스는 이제 일상이 됐다.

연예인과 부유층은 물론 그냥 일반 학생과 직장인 심지어 국방을 책임지고 있는 군인들도 마약과 가까이 있다니 어찌 놀라지 않겠는가?

나는 말술은 아니지만 애주가다.

술잔을 앞에 놓고 이런저런 얘기를 나누며 천천히 취기를 즐기는 편이다.

그런데 말술을, 그것도 매일매일 먹는다고 치면 어떨까?

당연히 일상생활을 제대로 할 수 없고 건강에도 좋지 않다.

마약은 술보다 중독성이 강하고 환각 증세까지 동반한다. 술을 매일 먹는 것보다 몸에 더 나쁠 것이고 일상생활에는 더 큰 지장을 줄 것이다.

이런 마약이 우리와 가까이 있다는 건 위험한 일이다.

영국은 청나라와 무역을 하며 큰 손해를 입자 '아편'이라는 마약을 청나라에 유통했다.

아편으로 돈을 벌고 청나라 사람들의 심신을 피폐화시키기 위함이었다.

그 때문에 청나라는 발끈했고 결국 전쟁이 터졌는데, 이게 그 유명한 아편전쟁이다.

청나라는 아편전쟁에서 패했고 홍콩을 영국에 넘겨줘야 했다.

이처럼 마약은 국가를 망하게 하고 국민을 무력화시킬 정도로 무서운 것이다.

영국은 그 후로도 청나라에 끊임없이 아편을 공급했다.

지금 중국 정부가 마약 사범을 사형에까지 처하는 이유다.

나라가 마약 때문에 망해 봤던 트라우마가 있는 것이다.

사실 우리 사회에 마약이 만연하고 있다는 데 대해서는 다들 공감을 한다.

그러나 마약을 어떻게 근절시킬지는 마땅한 해답이 없다.

경찰은 인력과 예산에 한계가 있다.

자, 그럼 이제 지자체가 나설 차례다.

마약은 투약자의 증후, 투약 흔적이나 증거, 매매 증후 및 현장 등을 통해 단속할 수 있다.

결국 지자체가 나서서 이 같은 마약 정황을 주민들에게 교육하고 관내 CCTV까지 활용하면 효율적인 마약 근절책을 실행할 수 있다.

내 고장 처인구를 예로 들어 보자.

처인구에는 1,920명의 통장님과 이장님, 반장님이 계시다.

이분들은 정기적으로 회의도 하신다.

경찰과 보건소가 이분들에게 마약 정황을 교육하고 공동 감시 시스템을 구축하는 것이다.

동네 쓰레기를 유심히 관찰하고 마약 투약 의심자를 신고하는 등의 요령을 공유하면 우선으로 1,920명의 마약 감시단이 생기는 것이다.

여기에 처인구 관내 57개의 초·중·고·대학교 학생과 교직원에 대한 교육을 시행하고 이들까지 마약 감시단에 합류시키면 그 효과는 더욱 증대된다.

학원연합회를 통한 종사자 교육도 큰 실효를 거둘 수 있고, 학부모 단체, 자율방범대, 상인연합회 등 마약 감시에 동참할 주민들은 얼마든지 있다.

이 같은 일은 경찰이 단독으로 할 수 있는 것이 아니다.

지자체가 인력과 예산을 들여 경찰과 함께해야 할 일들이다.

마약 신고! 처벌이 아니라 배려이다.

마약에 빠진 이웃을 구해 정상화하고 마약 유통 자체를 근절시키는 일은 사회 구성원의 건강을 위한 '배려'인 것이다.

그 배려를 지역 사회가 나서서 실천해야 한다.

전쟁 영웅, 정태경 대령

얼마 전 후배에게 들은 얘기다.

"용인에 전쟁 영웅이 계세요. 그분을 모티브로 한 영화도 제작됐고, 대통령이 직접 불러 훈장도 주신. 제가 육군 소위 달고 보병학교에서 공부했거든요.

그때 부학교장이시던 정태경 대령님! 베트남전 안케패스 전투 영웅이죠. 그때 파편이 아직도 몸에 남아 있으세요. 군사학 교과서에도 나와요. 그땐 학교 내 모든 장교가 그분을 '영웅'이라고 했어요. 전쟁 영화 전문 배우 '리마빈' 포스였죠. 키도 훤칠하시고 군복이 그렇게 잘 어울리셨어요. 경례하실 때도 얼마나 멋지신데요. 그냥 옆에만 가도 주눅이 들고 기가 죽는…. 야전 발령을 얼마 안 남기고 있었는데. 부학교장실에서 절 부르는 거예요. 갔더니 '나도 용인 사람이다. 네 아버지 선배야!'라고 하시는 겁니다. 깜짝 놀랐죠. 그러더니 농담인지 진담인지,

'발령 얼마 안 남았지? 어디 가고 싶나?'라고 물으시는데, 잠깐 생각이 많았죠. 집 근처 부대로 보내 달라고 하면 들어주실까? 그런데 그분 앞에서는 절대 그런 말을 못 해요. 감히 전쟁 영웅 앞에서. 그래서 제가 그랬어요. '맨 앞으로 보내 주십시오!' 그래서 저는 맨 앞으로 갔고. 거기서 북한군들과 죽여 살려 하며 군 생활을 했죠."

용인에 전쟁 영웅?

처음 듣는 얘기라 검색도 해 보고, 수소문도 해 봤다.

정태경 예비역 육군 대령. 정말 그는 전쟁 영웅이었고, 전역 후 고향인 용인시 처인구 이동읍에 살고 계신다는 얘기를 들었다. 용인 사람들은 모르는데 인터넷에서는 아주 오래전부터 유명한 분이었다.

1972년 당시, 정태경 대위는 수기사(맹호부대) 기갑연대 6중대장으로 베트남에 파병 중이었다.

안케패스는 베트남에서 가장 험난한 곳으로 유명하며, 전쟁 당시 전략적 요충지였다. 수기사는 1972년 4월 11일부터 26일까지 안케고개와 638고지 일대를 확보하기 위해 치열한 전투를 벌였다. 수기사는 적 705명을 사살하고 다수의 장비를 노획하는 등 혁혁한 전과를 기록했다. 하지만 아군 또한 173명이 전사해 베트남전쟁 단일 전투 사상 최대 피해를 보았다.

이 안케패스 전투의 최첨병 중대를 정태경 대위가 이끌었다.

그도 폭격을 맞아 죽음이 목전에 있었고, 지금도 몸에는 파편이 남아 있다.

주검으로 베트남에 두고 온 부하들을 찾아 오열하기도 했고, 지금은 '안케패스 대혈전 전승전우회' 회장을 맡고 계신다.

몇 해 전, 방송국에서 이분을 주인공으로 한 다큐멘터리도 제작했다.

난 이 다큐멘터리를 여러 번 돌려 보면서 울고 또 울었다.

미국에서는 참전 용사를 영웅으로 대한다.

국가적으로는 물론 동네에서도 전쟁 영웅은 극진한 대접을 받기 마련이다.

혹여 참전 중 전사를 하거나 전쟁 영웅 노병(老兵)이 별세하면 지역 사회 전체가 나서 추도를 한다.

그건 우리 대신 전장에 나가 싸워 준 것에 대한 경의를 표하는 예법이다.

6월은 호국보훈의 달이요, 내일은 6월 6일, 현충일이다.

먼저 가신 호국영령들을 추모하고 경의를 표하는 날이다.

그런데 살아 계신 영웅들도 있다는 걸 잊지 말아야 한다.

우리 주변엔 아직도 6.25 참전용사, 베트남전 참전용사, 그리고 조국을 위해 희생하신 국군장병과 경찰, 소방관과 일반 영웅들이 생존해 계신다.

그분들이 영웅으로 대접을 받아야 또 다른 영웅들이 나오고, 그래야만 국가가 제대로 굴러갈 수 있다.

처인성 전투, 적장을 죽인 자와 백성을 버리고 도망간 자, 누가 왕(王)인가?

며칠 전, 용인시 남사읍 일대에서 처인성 문화제가 열렸다.

처인성 전투는 1232년 12월 용인시 처인구 남사면 아곡리 처인성에서 처인부곡 주민들과 몽골군 사이에 있었던 전투다.

1231년, 몽골의 1차 침입 이후 고려 정부는 1232년 6~7월, 수도를 개경(개성)에서 강화도로 옮겼다. 당시 왕이었던 고종과 관리들은 백성을 버리고 자신들만 살겠다고 강화도로 들어가 버린 것이다.

몽골은 1232년 10월, 2차 침입을 감행했다.

처인부곡 주민들과 승병들은 지금의 남사읍 처인성에서 몽골군과 맞서 싸우다 적장 살리타이를 사살한다. 스님 장군 김윤후가 이들을 이끌었다.

장수가 죽자 몽골군은 철군했고, 살리타이의 죽음으로 몽골의 2차 침입은 실패했다.

처인성 전투는 단순히 적장 살리타이가 죽어 몽골의 침탈이 실패로 돌아갔고, 그 살리타이를 사살한 장소가 용인시 남사읍 처인성이라는 시각에 그쳐서는 안 된다.

왕이 도망간 상태에서 주민들과 승려들이 살기 위해 결사 항전을 하다가 적장을 죽인 사건으로 봐야 한다.

북한군이 쳐들어왔다 치자. 대통령과 정부는 피신하고 국민이 전쟁을 치르는 것이 맞나?

그런 정부를 믿고 세금을 내고 관료들의 월급을 준다는 것은 용납될 수가 없다.

그런데 고려 정부는 그렇게 했다.

우리 역사를 살펴보면 의병이 활약한 시기에는 대부분 치사하고 굴욕적인 왕이 있었다.

임진왜란 때 선조는 백성을 버리고 신의주까지 도망을 갔다. 그는 심지어 세계적 명장 이순신 장군을 가두고 매질까지 서슴지 않았다.

이런 왕을 대신해 전국에서는 무수한 이름 모를 의병들이 피 흘리며 죽어 갔다.

조선 인조는 병자호란 때 남한산성으로 숨어들어 성문을 잠그고 버텼다. 그사이 수많은 백성과 의병들이 청나라 군사들과 맞서며 명을 달리했다. 인조는 정묘호란 때는 강화도로 숨었던 인물이다. 백성을 버리고.

그뿐만 아니다. 간신들에게 휩싸인 조선 왕조가 일본에 나라를 빼앗기고 난 뒤에는 무수한 독립운동가들이 조국을 위해 목숨을 바쳤다.

나라를 빼앗기고 국민이 죽어 나가는데 왕도 죽어야 마땅하지 않나?

왕과 정부 관료들이 그러는 동안 백성들은 목숨을 바쳤고, 재산을 잃었고, 아녀자들은 겁탈을 당했고, 언어와 문화까지 빼앗겼다. 그래도 왕이고 관료인가?

우리 처인성 전투는 사실 싸움의 양상이나 무기 체계 등에 대한 정확한 사료가 많지 않다.

기마병을 필두로 한 몽골군에게 우리의 민초들이 어떤 무기로 어떤 전술로 싸워 적장을 사살했는지 구체적으로 알 수가 없는 것이다.

군사학적 연구와 고증이 필요한 부분이다.

그러나 확실한 것은 정규군이 아닌 부곡민들과 승려들이 적장을 죽이고 몽골군을 패퇴시켰다는 것이다. 왕과 정부는 도망가고 없는데 말이다.

그럼 우리는 처인성에서 무엇을 배워야 할까?

바로 정부와 지도자들의 자세다.

위기 상황에서 국민을 버리고 도망가지 않고, 끝까지 맨 앞에서 싸워 이기겠다는 리더십!

어려움은 국민이 겪고 위정자들은 누리기만 하는, 말도 안 되는 역사를 다시는 쓰지 않겠다는 다짐!

이런 것을 배우고 가르쳐야 한다.

군대 입장에서는 전쟁에서 국민을 지켜 내겠다는 '강군(强軍)

의지'를 되새겨야 한다.

적이 쳐들어왔으면 군인이 국민을 지켜야 한다.

의병들이 나가 적과 싸우는 것은 그 정부가 무능력하고 무책임하고 비도덕적인 집단이라는 것을 의미한다.

처인성을 방문하는 모든 국민과 공직자들은 반드시 새겨야 한다.

다시는 의병들이 나서 전쟁을 치르고 적장을 죽이는 사건은 없도록 하겠다고.

자라나는 아이들에게도 가르쳐야 한다.

왕은 도망가고 없는데 민초들이 적장을 죽인 전쟁이 처인성 전투라고.

백성은 위대했지만, 왕은 비겁했다고.

그게 처인성 전투의 의미다.

적장을 죽인 자와 백성을 버리고 도망간 자. 누가 왕(王)인가?

처인성 전투의 민초들과 승병들이 왕이다.

용인 처인구에서 대중교통으로 서울 가기

용인시 전체에서 서울로 가는 대중교통 수단은 많다.

기흥구나 수지구는 버스 노선도 많고, 경전철과 지하철을 잘 이용하면 대부분 수십 분 만에 서울에 도착한다.

실제 여의도를 갈 때 기흥역에서 5001번 버스를 타면, 신갈 IC 진입과 동시에 버스 전용 차로가 시작된다. 신논현역까지 30분, 9호선으로 갈아타면 여의도까지 20분 정도 소요되어 50분 만에 목적지에 도착한다. 9호선 급행을 만나면 그나마도 시간이 줄어든다.

이 정도면 서울 강북에서 출발해 여의도 도착하는 시간보다 짧다.

그런데 처인구에서는?

아무래도 기흥구나 수지구에 비해 상대적으로 불편하다.

경전철이나 버스를 이용해 서울에 가려면 기흥구나 수지구에 비해 시간이 더 걸린다.

중앙동·역북동·삼가동·동부동·유림동 주민들은 경전철을 이용해 수인분당선으로 갈아타고 서울에 갈 수 있다. 바로 지하철을 이용하는 기흥구나 수지구 주민들보다 소요 시간이 더 걸린다.

아니면 5001번, 5005번 등을 이용해 서울로 가는데 이들 노선이 모두 기흥구를 거쳐 신갈IC로 진입하기 때문에 돌아가는 느낌이 크다.

강남터미널로 가는 동부고속을 이용하면 용인터미널과 유림동 정류장을 거쳐 용인IC로 진입을 해서 좀 더 편리하게 갈 수 있는데, 그나마 출퇴근 시간에는 좌석 잡기가 힘들고 낮에는 배차 시간이 길다.

남사읍에서도 서울로 가는 광역버스가 있고, 양지면에서는 서울 남부터미널로 가는 시외버스가 있다. 에버랜드와 포곡읍을 거쳐 서울로 가는 버스도 있고 모현읍 외국어대학교에서 서울로 오가는 노선도 있다.

이상이 처인구에서 서울로 가는 대중교통 수단이다.

버스 회사 입장에서도 처인구에서 곧바로 용인IC로 진입하는 노선을 못 만든 것이다. 명지대학교, 용인대학교를 거쳐 기흥구까지 경유해야 손님을 많이 태워 수지를 맞출 수 있으니 어쩔 수 없는 노릇이다.

설령 신규 노선을 만들고 싶어도 그게 쉽게 안 된다.

경기도 도시에서 서울시로 진입하는 버스 노선을 신설하려면 서울시가 동의를 해 줘야 하는데, 서울시는 이미 극심한 교통 체증을 앓고 있어서 반대하기 마련이다.

뭐 지금까지는 그러려니 하고 상황에 맞게 서울을 오갔다.

그런데 지금 고림지구와 유림동 일대 개발 상황을 보면 이제는 뭔가 대책이 있어야 한다.

이 지역에 아파트 입주가 완료되면 교통지옥이 불 보듯 뻔하고, 서울로 출퇴근하는 대중교통 수단도 턱없이 부족할 것이다.

서울시와 협의해 강남까지만이라도 출퇴근 시간 노선을 신설해야 한다.

고림지구에서 출발해 용인IC로 진입하는 노선, 기흥구를 경유하지 않는 노선 말이다.

그나마 다행스러운 건 용인시가 고림지구에서 서울 양재역까지 가는 '광역콜버스'를 오는 12월부터 시범 운영 한다는 소식이다.

광역콜버스는 승객이 카카오T 앱으로 버스 승차 위치와 시간, 좌석까지 예약한 뒤 탑승하는 방식으로 운영된다고 한다.

우선 급한 대로 광역콜버스를 도입하고 이를 확대하거나 정규 노선을 확보하는 정책이 후속돼야 한다.

반드시 뚫어야 할 길!

몇 년 전, 이천에 사시는 지인분과 점심 식사 약속을 잡던 일.

"회장님! 제가 이천으로 갈게요."

"아니, 뭐 하러 이천까지 와? 윤 박사, 판교에서 만나."

"판교요? 이천에서 판교까지 나오시게요? 오래 걸리시잖아요."

"윤 박사, 세상 물정 모르네. 우리 이천에 경강선 철도가 놓였잖아. 판교까지 30분이야. 판교에서 점심 먹고 서울 가서 일 좀 보게."

그제야 알았다. 이천 분들이 경강선을 타면 판교까지 30분 걸린다는 걸. 지금도 이천에서 판교는 차로 1시간이 넘게 걸린다. 이걸 경강선이 절반으로 단축해 놓은 것이다.

경기도 광주에서는 판교까지 경강선으로 12분이다. 이건 한 동네나 다름없는 거리다. 차로 가려면 50분이 걸린다.

지하철이나 경전철이나 열차나 철도라는 게 이렇게 좋은 것이다.

막힘도 없고 시간도 정확하고 많은 인원의 동시 수송이 가능하다. 오죽하면 역세권이라는 단어가 생겨났고 그 역세권에 따라 집값도 달라질까.

용인시 처인구의 최대 역점 사업은 경강선 연장이다.

경기도 광주 삼동역에서 용인 에버랜드-이동읍-남사읍 구간(40km)을 연장해 궁극적으로는 수도권 내륙선과 연계시키는 것이다.

이걸 용인시가 정부를 상대로 강력히 추진하고 있다.

1조 6,800억 원가량이 들어가는데, 국가철도망 사업이라 국비 100%로 시의 재정 부담도 없다.

용인시는 최근에도 '제5차 국가철도망 구축 계획'에 경강선 연장을 포함해 달라고 건의했다.

용인시는 원삼면과 이동읍, 남사읍 등이 세계 최대 반도체 벨트로 재탄생한다. '세계 최대'라는 이름에 걸맞게 교통망도 정비돼야 하는데, 그중 최우선은 철도망이다.

경강선이 연장되고 수도권 내륙선과 연결까지 되면 세계 최대 반도체 벨트를 오가는 사람들은 서울과 지방을 모두 철도망으로 이동할 수 있다. 이것이야말로 사통팔달이고 세계 최대 반도체 벨트의 위상 아닌가?

주민들의 편의는 말할 것도 없이 좋아진다.

반도체 벨트에 필요한 교통망은 또 있다.

바로 용인시가 추진하고 있는 마평동-원삼면 고당리(11.8㎞) 국도 45호선 연결·확장 사업이다. 이 사업은 원삼 하이닉스 반도체 단지와 용인 중심 시가지를 잇는 사업으로, 도시 경제 환경 조성에 매우 중요한 역할을 할 것이다.

단적으로 예를 들면 하이닉스에 근무하는 직원들과 가족들이 용인 중앙시장에 쉽게 오갈 수 있는 수단이 된다. 그래야만 하이닉스 입주에 따른 수혜를 용인시민 모두가 나눠 가질 수 있는 것이다.

용인시가 장기적으로 추진하고 있는 '반도체 고속도로'도 중요한 현안이다.

반도체 기업들이 자리 잡게 될 남사-이동-원삼-백암을 고속도로로 연결해 기업 활동에 도움을 주자는 사업이다. 물론 일반 시민들도 빠른 길을 갖게 된다.

이 고속도로는 반도체 하이웨이로, 해당 기업들의 물류에 엄청난 시너지를 줄 것이며 협력 업체와 해외 손님들에게도 반도체 벨트 접근성을 높일 것이다.

어디든지 편하고 빠르게 갈 수 있는 주민들은 비즈니스나 교육, 여가 등에서 삶의 질이 높을 수밖에 없다.

이천에 사시는 내 지인이 판교에서 점심을 먹고 서울에서 볼일을 보고 다시 이천으로 돌아가도 반나절밖에 안 걸리는 것처럼 말이다. 그건 경강선의 힘이었다.

용인 처인구는 이제 경강선 연장과 국도 45호선 연장, 반도체 고속도로 건립 등으로 기업 활동을 돕고 주민 삶의 질을 높여야 한다.

그래야 제대로 된 세계 최대 반도체 도시의 위용을 갖출 수 있다.

수변구역, 다시 따져 볼 때다

유럽에서는 강가에 멋진 카페들이 있고, 그 카페들에 사람들이 모여 앉아 망중한을 즐기는 모습을 자주 볼 수 있다.

위의 사진은 우리 용인시 처인구 포곡읍 삼계리 경안천 구간이다.

유럽에서는 하천변에 멋진 건물과 카페를 짓고 사람들이 경관을 즐기는데, 우리 용인 처인구에서는 왜 안 되는 걸까?

수변구역이기 때문이다.

1999년 당시 정부는 한강과 금강, 낙동강, 영산강, 섬진강 등 주요 수계의 오염이 심각한 상태라고 보고 이들 강과 지천에 수변구역을 설정했다.

용인에서 시작하는 경안천도 팔당으로 흘러가는 한강 식수원 줄기이기 때문에 이 규제를 받기 시작했다.

경안천 경계에서 일정 지역은 개발 행위 자체가 안 되는 것이었다. 다만, 개발하려면 하수 처리 계획이 포함된 지구단위계획을 해야만 했다.

이러다 보니 용인시를 비롯한 해당 지자체들은 하수 처리장 확보에 나섰다.

용인시는 처인구 곳곳에 관수로를 설치하고 경안천으로 바로 흘러 들어가던 오·폐수를 하수 처리장으로 보내 처리하는 대대적인 사업을 20여 년간 벌여 왔다.

앞 장에서도 언급했듯 이런 용인시의 노력으로 경안천 수질은 획기적으로 개선됐다.

이젠 경안천 인접 지역 오폐수는 모두 관수로를 통해 하수 처리장으로 간다.

유럽은 이런 사업을 1800년대 중반부터 했다.

그래서 유럽 곳곳에는 전통 있는 수변 명소가 많다.

이제는 경안천 수변구역도 다시 따져 볼 때다.

처인구 주민들과 용인시 공직자들이 갖은 고생을 하고 재산권을 제한받으면서까지 지켜 낸 것이 경안천 수질이다.

그 노력의 결과는 이제 수질 개선으로 이어졌다.

하수 처리 능력도 개선됐고 증설도 가능해 경안천 수변구역을 개발해도 예전처럼 수질 오염 위험도 없다. 오폐수를 한 방울도 경안천에 유입시키지 않으면 된다.

이제 우리는 수려한 경관을 갖춘 포곡읍과 모현읍 경안천 수변구역을 해제하고 친환경 개발을 검토해야 한다.

포곡읍과 모현읍 경안천 주변에 멋진 고층 건물도 생기고, 카페 거리도 생기고, 쇼핑 센터도 생기고, 공연장과 각종 체육 시설, 먹거리촌도 생긴다고 생각해 보자.

상상만으로도 명소가 될 것이 확실하다.

처인구민들이 20여 년간 희생으로 경안천을 지켜 왔으니 이젠 지역 주민들에게도 혜택이 돌아가야 한다.

지금은 예전의 경안천이 아니고 예전의 수변구역이 아니다.

용인시가 포곡읍 등지 수변구역 중 군사 보호 구역과 중첩된 곳을 해제시켜 달라고 정부에 요구하고 있다.

또 거리 측정이 잘못된 구역도 수변구역 해제를 추진하고 있다.

경안천 수질이 개선되고 하수 처리 능력이 갖춰진 현시점에서 아주 중요한 일이다.

용인시뿐만 아니라 한강 수계 지자체들도 변화된 상황에 맞춰 수변구역을 해제하거나 재검토해 달라고 요구하고 나섰다.

용인시의 미래에 중추적인 역할을 할 처인구~!

이제 경안천의 수변구역 해제는 우리의 아름다운 미래를 위한 첫 번째 관문이 되겠다.

장애인이 편하면 모두가 편하다!

사진은 용인 시내 어디쯤이다.

좁은 인도(人道). 사람이 다니는 길이다.

그런데 희한하게도 인도 한가운데 가로수가 심겨 있다.

가로수가 나쁘다는 것이 아니라 가로수를 좁은 인도 한가운데 심은 사람들의 의도가 궁금하다는 것이다.

이 정도면 보행을 하는 사람에게도, 조깅을 하는 사람들에게도 방해가 된다.

그럼 어찌해야겠나? 가로수를 피해 차도로 내려와 걷거나 뛰어야 한다.

수동 휠체어나 전동 휠체어를 이용하는 장애인들의 경우를 생각해 보자.

이 인도는 그분들이 절대 이용할 수 없는 길이다.

휠체어는 절대로 저 인도를 통과할 수 없다.

그럼 어찌해야겠나? 역시 차도로 내려와야 한다.

비단 장애인뿐만 아니다.

저 길은 유모차를 이용하는 엄마, 아빠, 아기도 절대 다닐 수가 없다.

차도로 내려와야 한다.

짐 운반용 카트도 저 길은 못 간다.

차도로 내려와야 한다.

많이들 알고 계시겠지만 '유니버설 디자인(universal design)'이라는 말이 있다.

보편 설계라는 개념으로, 제품, 시설, 서비스 등을 이용하는 사람이 성별, 나이, 장애, 언어 등으로 인해 제약을 받지 않도록 설계하는 것이다.

모든 사람을 위한 디자인이다.

사진에 있는 인도는 모든 사람을 위한 디자인이 아니다.

유니버설 디자인의 가장 큰 기준이 장애인이다.

휠체어나 목발을 사용하는 사람, 앞이 안 보이는 사람, 소리를 들을 수 없는 사람, 남의 부축을 받는 사람 등을 위해 설계를 하는 것이다.

그렇게 하면 모두가 편하다.

연세 드신 어르신과 잠깐 몸이 불편한 사람, 유모차를 끌고 가는 사람, 자전거를 타는 사람, 뛰어가는 사람, 걸어가는 사람 등등 모두가 편하다.

장애인이 편하면 모두가 편하다는 말이 그래서 생긴 것이다.

"그렇게까지 할 필요가 있느냐"는 반론이 있을 수 있다.

천만의 말씀이다.

2021년 기준 대한민국 등록 장애인 수는 264만 명이다.

전체 인구 20명 중 1명꼴로 장애인이다.

장애인이 그렇게 많냐고 의아해할 수도 있다. 우리 눈에는 잘 안 보이니까.

우리 눈에 잘 안 보인다는 건, 그들이 맘 놓고 길로 다닐 수 없고 대중교통을 이용할 수 없어서 시설이나 집에만 머무르고 있음을 의미한다.

우리는 장애인 복지뿐만 아니라 노령사회 저출산 현상도 극복해야 한다.

그래서 어르신들이 다니기 힘들고 유모차를 끈 부모가 다니기 힘든 길을 만들면 안 된다.

장애인들이 편한 길이면 어르신들도 유모차 부모들도 모두 편하다.

한꺼번에 모든 시설을 뜯어고칠 수야 없겠지만, 지자체는 도시 전체 유니버설 디자인 수요를 파악해서 연차적으로 개선해 나가는 정책을 펴야 한다. 국가적으로도 예산 지원을 해야 한다.

장애인이 편하면 모두가 편하다.

제대로 된 고령화 시대를 준비하자!

자영업을 하거나 기업체를 운영하는 친구들과 만나면 자주 하는 얘기가 있다.

"우리는 몇 살까지 일해야 할까?"

69년생인 우리는 이번에 바뀐 만 나이로 54세다.

대부분 "70살까지", 더 심한 친구는 "80살까지"라고 답한다.

예전 같으면 환갑만 넘어도 사회에서 은퇴했다. 지금도 직장의 정년은 환갑 전후로 맞춰져 있다.

그러나 정년이 없는 자영업자들이나 기업인들은 70~80살까지 일을 해야 한다고 생각하는 것이다.

특히 자영업자들은 직장인처럼 퇴직금도 없고 '사장=영업사원=현장 일꾼'이라는 등식이 성립하기 때문에 환갑이 됐다고 그만두면 당장 생계가 곤란에 빠질 수도 있다.

베이비붐 세대의 상징처럼 불려 온 58년생 선배님들이 내년에 65세에 접어든다. 통상 고령화 사회의 연령 기준을 65세 이상으로 잡는데, 58년생 선배님들이 65세 대열에 합류하면 우리나라는 1,000만 명이 고령 인구가 된다.

인구 5명 중 1명이 고령인 셈이다.

출산은 줄고 고령화가 가속화되다 보니 유치원은 줄고 노인 시설은 늘어나는 추세다.

아예 유치원이 노인 요양 시설이나 노인 돌봄 시설로 바뀐 사례도 많이 있다.

요즘 동네에 보면 승합차가 와서 할머니, 할아버지들을 모시고 가는 풍경을 자주 볼 수 있다.

이걸 '주·야간보호센터'라고 부르는데, 장기 요양 등급을 받은 고령층들이 다니는 시설이다. 유치원 차가 아이들을 태워 가듯 어르신들을 모셔 가고 모셔 오기 때문에 노인들이 다니는 유치원, '노치원'이라고 한다.

정부가 비용을 85%까지 지원해 주기 때문에 2018년 전국에 3,211곳이었던 보호센터는 2022년 5,090곳으로 급증했다. 이 기간에 유치원 수는 459곳이 줄었다고 한다.

어린이집·유치원으로 운영되던 곳이 아예 노인 요양 시설로 변경된 사례도 최근 5년간 82곳에 달한다는 언론 보도까지 있었다.

이 같은 고령화 및 초고령화 시대는 이미 거부할 수 없는 현상이다.

그리고 우리 세대도 고령층이 될 것은 분명하다.

아이들을 안 낳아 왔으니 갑자기 젊은 세대가 늘어날 수도 없다.

그럼 이제 국가적 차원에서 고령화 시대를 준비해야 한다.

우선, 일할 수 있는 고령층에게는 쉽지 않겠지만 양질의 일자리를 만들어 줘야 한다.

젊은 세대 일자리와 충돌되지 않도록 세심한 준비를 해야겠지만 일할 수 있고 일하고 싶은 국민에게 '나이'를 이유로 경력을 단절시키는 것은 옳지 않다.

다음으로는 고령층들이 나와 여가를 즐기고 사회적 관계를 유지할 수 있는 공간을 확충해야 한다.

건강이 멀쩡한데 은퇴했다고 집에만 있는 것은 개인한테도, 가족한테도, 사회적으로도 좋지 않다.

공공에서 운영하는 노인 복지 기능을 강화·확대해서 그분들이 취미 활동도 하고, 운동도 하고, 친교도 쌓도록 해야 한다.

용인시만 보더라도 처인구와 기흥구, 수지구에 노인복지관이 있다.

그런데 처인구의 경우 서울시 면적의 80% 달하는 광활함 때문에 용인시청에 위치한 처인구노인복지관까지 접근이 불편하다.

처인구의 경우, 양지-원삼-백암 지역의 동부권노인복지관, 포곡-모현 지역의 북부권 노인복지관, 이동-남사 지역의 남부권 노인복지관이 갖춰져야 한다.

시설 규모는 해당 지역 인구수에 맞춰 적절하게 조성하는 게 맞겠지만 거리 때문에 노인 복지에서 소외되는 주민은 없어야 한다.

권역별 노인복지관 건립, 앞으로의 초고령화 시대를 제대로 준비하기 위한 처인구의 과제다.

반도체 도시 신호탄 올랐다

전에도 언급한 바 있지만, 미국 실리콘밸리의 성공 배경은 '교육'과 '먹거리'였다.

캘리포니아의 유수한 학교들에서 인재를 공급하고 싸고 질 좋은 농산물이 넘쳐 나다 보니 실리콘밸리가 굳건한 위치를 지킬 수 있었다.

결국 도시의 발전은 교육과 먹거리가 기반이 돼야 한다.

포항제철은 '포스텍'이라는 세계적인 교육 기관을 세웠고, 현대그룹도 울산에 명문 학교들을 만들어 인재들을 길러냈다.

용인시가 '반도체마이스터고등학교(가칭)' 개교 시점을 2026년 3월로 잡았다고 한다.

교육부로부터 2024년에 마이스터고등학교 지정을 받기 위해 경기도교육청과 공조하기로 했다.

이상일 시장을 필두로 하는 용인시는 반도체마이스터고등학교 설립을 위해 삼성전자, SK하이닉스, 램리서치 등을 비롯해 서플러스글로벌, 세메스 등 40개 관련 기업들과 반도체 인재 육성을 위한 협약을 맺어 왔다.

반도체마이스터고등학교는 처인구 백암면 백암고등학교 운동장 부지 2만1,000㎡에 반도체 전문 인재 양성을 위한 교육 기관으로 설립된다.

반도체 인력을 양성하고 이를 기업에 공급하기 위한 용인시의 노력은 여기서 그치지 않는다.

용인시는 교육부 주관 '2023년 반도체특성화대학 지원사업' 대상에 선정된 명지대학교에 반도체 인력 양성을 위한 시 차원의 추가 재정 지원을 검토할 계획이다.

용인시는 명지대학교 측과 협업 체계를 구축해 반도체 소재·부품·장비 및 패키징 분야에 특화된 반도체 인재 양성에 나설 계획이다.

또 경희대학교와도 반도체 인재 양성을 위한 업무 협약을 체결했다.

용인시와 경희대학교는 반도체 분야 우수 인재 양성을 위한 교육·연구 활동과 반도체 산업 경쟁력 강화를 위한 산·학·관 네트워크 구축 등을 추진한다.

경희대학교는 중소기업 재직자를 대상으로 한 반도체 융합학과를 신설·운영하고, 내년에는 학부 과정에도 반도체공학과를 신설할 예정이라고 한다.

공장만 지어 놓고서는 지역 발전을 도모하기 힘들다.

지역에서 인재들을 길러 기업에 공급하는 전략적 토대를 마련해야 하는데, 이상일 시장과 용인시의 노력을 보면 정말 기민하고 시기 타당하다.

이들 교육 기관 설립과 육성은 용인이 반도체 도시로 발돋움하는 신호탄이다.

공장용지로 땅만 내어 주는 것이 아니라 전문 인재들을 길러 세계 반도체 산업을 선도하겠다는 의지이고, 그 의지는 용인시를 세계 최고 반도체 도시로 만드는 밑거름이 될 것이다.

이젠 정말 반도체 도시가 시작된 것이다.

처인구에도 공공 반려견 놀이터를!

우리가 어렸을 적만 해도 집집마다 고양이가 있었다.

고양이들은 대개 이름이 '나비'였다.

"나비야!" 부르면 "야옹~" 하고 나타나는 모습이 그렇게 귀엽고 예쁠 수가 없었다.

그런데 이 예쁜 고양이들의 임무는 쥐를 잡는 것이었다.

그땐 주거 환경이 대부분 재래식이고 하수도 정비도 잘 안 된 상황이라 집집마다 쥐가 들끓었다. 쥐는 병원균을 옮기기도 하고, 부엌의 음식이며 저장된 식량들을 훔쳐 먹기 때문에 공공의 적이었다.

오죽하면 국가적으로 나서 전 국민 쥐잡기 운동을 벌였을까.

이 쥐잡기 운동의 최선봉에 우리 '나비'들이 있었다.

마루 밑에서 나온 나비가 혀로 입가를 싹싹 핥고 있으면 그건 쥐 한 마리를 포식했다는 신호였다. 그렇게 나비들은 우리 위생과 음식, 식량을 지켜 줬다.

그러다 주거 문화가 현대화되고 성능 좋은 쥐약이며 쥐 끈끈이 등이 등장했다. 하수도 시설도 대거 정비됐다. 그러다 보니 쥐들이 동네에서 없어지기 시작했다.

고양이들의 용도도 자연스럽게 폐기가 됐다.

쥐 잡으라고 고양이를 키웠는데 잡을 쥐가 없어졌으니 고양이들은 애물단지가 된 것이다.

그래서 고양이들을 버렸고 그 고양이들은 길로 내 버려졌다.

지금 어디를 가든 볼 수 있는 '길냥이'들은 조국 근대화 시절 쥐 잡기 최선봉에 나섰던 '나비'들의 후예인 셈이다.

반려동물 1,500만 시대라고 한다.

여러 가지 이유가 있겠지만 사람들은 반려동물을 통해 '육아'의 보람을 느끼고 외로움을 달래고 정서적 안정을 도모하고 있다.

그런데 버려지는 반려동물 또한 그 수를 헤아리기 어렵다고 한다.

처음엔 귀여워서 키웠는데 키우다 보니 여력이 안 되고 귀찮고, 늙고 병들면 수발이 힘들어지기 때문일 것이다.

그래서 버린다. 쥐 잡던 '나비'들을 버렸던 것처럼. 유기되는 반려동물은 이제 사회적 문제가 됐다.

최근에 반가운 소식을 들었다.

용인시 동물보호센터에 전국 공무원과 지방의원들의 견학이 러시를 이루고 있다는 것이다.

지난 2017년 설립된 용인시 동물보호센터는 유기된 반려동물을 구조해 의료 및 건강, 미용 서비스까지 제공하며 전국 최고의 위상을 차지했다고 한다.

설립 이후 5,200여 마리의 유실·유기 동물을 구조해 24%는 보호자에게 반환하고, 60%는 입양·기증했다고 한다.

센터는 입양률을 높이기 위해 입양비 지원 사업, 입양 후기 콘테스트 등 다양한 프로그램을 운영하고 있다.

반려동물들은 인간 가족의 울타리에 들어와 우리와 함께 먹고 자고 교감한다. 우리에게는 또 다른 생명의 소중함을 깨닫게 해 주고, 지친 마음을 달래 주기도 한다.

이젠 반려동물들도 우리 사회 구성원이다.

그런 반려동물들이 버려지는 것은 인간이 짓는 또 다른 죄악이다.

용인시 동물보호센터가 전국 최고의 위상을 자랑하며 버려진 반려동물들을 새로운 가정으로 보내고 있다니 정말 소중한 일을 하는 것이다.

덧붙이자면 용인시는 기흥과 수지에 공공 반려견 놀이터를 운영 중이다.

이제 도시화가 가속화되고 있는 처인구에도 반려견 놀이터를 만들어야 한다.

반려동물이 우리 사회 구성원이고 가족인 마당에 처인구에도 그런 인프라가 당연히 필요하다.

처인구는 지역이 넓으니 아파트 밀집 지역을 중심으로 최소

3개는 필요하다. 규모는 상황에 맞게 조정하면 된다.

많은 것이 부족하고 열악한 처인구, 반려견 놀이터도 그중 하나다.

아버지! 뵙고 싶습니다

난 1969년, 지금의 용인시 처인구 호동(예직마을)에서 7남 중 막내로 태어났다.

운학초등학교에서 와우정사 방향으로 2㎞ 정도 떨어진 곳이다.

내가 태어났을 때 아버지는 53세, 어머니는 45세셨다.

요즘으로 따져도 노산(老産)이었고 당시로서는 정말 할아버지, 할머니가 애를 낳으신 거다.

지금 생각해 보면 민망한 일이기도 하다. 아버지, 어머니 금슬이 그렇게 좋으셨다니.

실제 우리 큰형님과 나는 24살 차이 띠동갑이고 넷째 형님과는 12살 차이 띠동갑이다.

바로 위에 여섯째 형님과도 7살 차이가 난다.

아마도 여섯째 형님은 초등학교 들어가지 전까지도 막내로 귀여움을 독차지하다가, 내가 태어남으로써 졸지에 천덕꾸러기가 되지는 않았는지, 이제야 형님께 미안한 마음을 전한다.

우린 증조할아버지 때부터 예직마을에 살았다고 한다.

오래된 토박이 집안에서 늦둥이 막내가 태어났으니 집안엔 이런 경사가 없었다.

남자 형제들만 있는 집은 삭막하다고 한다. 그런데 너무 나이 차이가 크게 나는 막둥이가 태어났으니 난 집안 사랑을 독차지하고 자랐다.

다섯째 형님과 여섯째 형님, 그리고 동네 누나들이 나를 업어 키웠다고 한다.

생각해 보면 어린 시절, 난 너무 바빴다.

아침에 일어나면 온 가족이 모여 앉아 일찍 밥을 먹고 들로 나갔다.

난 어머니 치맛자락을 잡거나 형님들 손을 잡고 들에 쫓아가 고추며 오이, 가지, 배추, 파 등 농작물들과 놀았다. 고추밭 김도 매고, 오이 열매에 돌을 매달아 곧게 펴 주는 작업도 했다.

그러다 동네 누나들이나 친구들이 지나가면 난 작업장을 이탈해 그네들을 쫓아갔다.

산딸기도 따 먹고 가재도 잡고, 개울가에서 멱도 감고, 피라미며 중태미를 잡기도 했다.

또 그렇게 놀다가 점심때가 되면 아무 집이나 들어가 밥을 먹었다. 그땐 네 식구, 내 식구 없이 대문도 잠그지 않고 살던 터라 다들 그랬다.

그리곤 아무 집에서나 퍼질러 낮잠을 잤고 또 친구들과 어울려 산으로 들로 몰려다녔다.

뉘엿뉘엿 석양이 물들면 어머니 소리가 들렸다.

"막내야! 재복아!"

그땐 저녁때가 되면 어머니들이 동네로 아이들을 찾으러 나와 각자 자식들 이름을 부르셨다.

그렇게 어머니 손에 이끌려 집에 오면 맛있는 저녁 밥상이 있었고, 저녁을 먹고는 형님들이 무등도 태워 주시고 간지럼도 태워 주셔서 깔깔대고 웃다가 잠이 들었다.

그런 형님들이 돌아가면서 한 분씩 집에서 안 보였다. 그땐 어려서 잘 몰랐지만, 군대에 간 것이다. 군대 간 형님이 제대하고 돌아오면 또 다른 형님이 가셨고, 또 제대하면 또 다른 형님이 가셨다.

암튼 군대 간 형님들은 고생하셨겠지만 난 그래도 형님들이 많이 있고, 동네 누나들이며 친구들이 많아 매일매일 바쁘고 즐거웠다.

그렇게 아무 걱정 없이 즐겁게 뛰놀던 내가 여섯 살쯤 됐을 무렵 아버지가 부르셨다.

"네 이놈! 형들하고 동네 누나들이 다 예뻐라 예뻐라 하니까 철이 없어 안 되겠다. 오늘부터 아비하고 공부한다."

공부가 뭐지? 형님들을 비롯한 온 동네 사람들에게 복덩이였던 나는 순간 식은땀이 났다.

그날 이후로 아버지는 초등학교 교과서로 네게 한글과 구구단을 가르치셨다.

용인읍내 아이들은 극히 일부가 유치원을 다니며 선행 학습을 하였다고 나중에서야 들었지만 운학리 깡촌에서 선행 학습이라니, 이게 웬 날벼락이던가.

들로 산으로 뛰어다니던 자유 시간도 상당 부분 박탈당했고 학습 목표를 달성하지 못하면 여지없이 아버지의 회초리가 종아리로 날아들었다.

그렇게 아버지 앞에서 찔찔 짜며 한글과 구구단을 익혔고 난 초등학교 입학 전에 국민교육헌장을 외우는 시골 수재가 됐다.

"이놈아! 집에서 동네서 그렇게 막둥이 짓만 하며 살다가는, 사람 구실 제대로 못해!"

아버지는 매일같이 똑같은 말씀으로 수업을 시작하셨다.

지금 생각해 보면 그때 아버지가 나를 다잡아 주지 않으셨으면 난 진짜 평생 막둥이로 빈둥댔을지도 모를 일이다.

그런 아버지가, 내가 초등학교 1학년 때 뇌졸중으로 쓰러지셨다.

어머니는 공장에 다니셨다

아버지가 쓰러지시고 집안 살림은 무척 어려워졌다.

형님들은 군대에 갔거나 외지로 나가 취직을 했거나 중고등학교에 다니던 때였다.

농사일은 오로지 아버지 몫이었는데, 아버지가 뇌졸중으로 쓰러지고 나니 살림이 고단해질 수밖에 없던 것이다.

어머니는 공장에 취직하셨다.

초등학교 1학년이었던 내 눈에도 집안 사정이 보였다.

어머니가 말씀하셨다.

"재복아, 학교 갔다 오면 여기 쇠죽 좀 끓여 놓고, 형들 학교에서 올 때까지 밥 좀 해 놔. 쌀은 엄마가 씻어 놨으니 솥에 물 요만큼 부어서…."

그렇게 나는 어머니 말씀대로 학교가 끝나면 집에 와서 쇠죽도 끓이고, 식구들 먹을 밥도 하고, 아버지 진지도 차려 드려야 했다. 학교에서 돌아온 형님들은 아버지가 못 한 농사일을 해야 했고, 나도 형님들을 따라가 손을 보탰다.

그때 경운기 운전도 배웠고, 논에 써레질이며 밭에 로터리를 치기도 했다.

그나마 셋째 형님이 사 놓았던 낡은 구닥다리 경운기 한 대가 있었기에 농사일이 수월하기는 했었다.

그래도 어머니의 고난에 비하면 우리 형제들은 힘든 게 아니었다.

어머니는 새벽에 일어나 식구들 아침을 챙기고 공장으로 출근하셨다.

그렇게 온종일 고된 일을 마치고 오시면 아버지 병시중을 들어야 했고, 식구들 먹을 찬거리 마련이며 집안일을 거의 도맡아 하셨다. 해가 남아 있으면 밭일도 하셨고 또 집에 오면 아버지 병시중과 식구들 건사를 이어 나가셨다.

뇌졸중으로 몸이 마음대로 움직여지지 않는 아버지는 무척 힘들어하셨고, 몸이 마음대로 움직이질 않으니 성질만 더 부리시기 일쑤였다.

어머니는 그런 아버지를 정성으로 보살피며 우리 형제들까지 챙겼고, 생활비 마련을 위해 공장에까지 나가신 것이다.

어린 마음에도 어머니가 불쌍했고 아버지가 안쓰러웠다.

난 사실 엄마쟁이다.

어머니가 나를 낳으셨을 때가 45세였으니 젖이 잘 안 나왔다고 한다.

어린 나는 칭얼거리며 젖을 물려 달라고 떼를 쓰는데, 나올 젖이 없었다.

그래서 그 시절에 말도 안 되게 난 운학리 골짜기 시골 마을에서 분유를 먹고 자랐다.

지금이야 분유가 흔하지만, 그 시절 아이에게 분유를 먹인다는 것은 정말 큰돈이 들어갔을 것이다.

분유 맛에 길든 나였지만 어머니의 살냄새와 젖꼭지를 포기할 수는 없었다.

초등학교 3학년 때까지도 나는 어머니 품에서 젖을 물고 잤다.

어머니는 그런 막둥이가 안쓰러우셨는지 언제든 저고리를 풀고 젖가슴을 내게 물리셨다.

여담이지만 난 초등학교 3학년 이후가 돼서야 형님들이 쓰는 사랑채로 방을 옮겼다.

그 방에서는 뽕잎을 깔아 놓고 누에를 키웠는데, 형님들과 그곳에서 지낸 것이다.

지금 생각해 보면 벌레와 한방에서 잔 건데, 난 그 누에들이 그렇게 예쁘고 고와 보였다.

농학을 전공할 수밖에 없는 체질이었던 같다.

어머님은 지금 백 세를 앞두고 강원도의 한 요양원에 계신다.

느지막이 큰형님과 형수님이 어머니를 모시다가, 어머니가 치매가 오고 형님과 형수님도 나이가 들다 보니 어쩔 수 없는 선택이었다.

아, 어머니!

그렇게 키운 막둥이도 반백이 넘게 살았으니 지나온 날들이 참으로 애틋하기만 하다.

반신불수로 늘 누워 계시던 아버지는 내가 초등학교 5학년 때 돌아가셨다.

일곱 명의 아들을 위한 어머니의 헌신은 그 후로도 계속됐다.

똑똑한 시골 촌놈

난 아버지의 엄격한 조기 교육으로 운학초등학교에 입학해서 1등을 주로 했다.

6학년 때는 어린이회장까지 했다.

나는 운학초등학교 33회 졸업생이다. 내가 다닐 적 운학초등학교는 한 학년에 학급이 한 개밖에 없었고, 동급생의 수는 40명이 조금 넘었다.

우리 친구들은 초등학교 1학년 입학부터 6학년 졸업까지 동고동락하였기에 우정의 끈끈함은 다른 학교들에 비해 훨씬 강했다고 자부한다.

뭐, 그런 조그만 학교에서 1등을 하고 어린이회장을 한 것이 대수냐고 생각할 수 있지만, 암튼 난 아버지의 조기 교육 효과를 톡톡히 본 셈이다.

초등학교 입학 전에 한글을 깨우쳤다는 것은, 당시로는 흔한 일은 아니었다.

나중에 안 사실이지만 용인읍내 친구들도 대부분 초등학교 들어가서 한글을 배웠다고 한다.

난 한글을 미리 배웠다는 장점을 바탕으로 '웅변'을 시작했다.

당시에는 '반공 웅변대회'가 많았는데, 초등학교 때 시작한 웅변을 중학교 때까지 하며 각종 대회에 출전해서 때론 수상의 영광도 안았었다.

추억이야 많지만 난 운학초등학교 시절 등하굣길이 지금도 눈에 선하다.

우리 집이 있던 예직 마을에서 운학초등학교까지는 어린아이 걸음으로 30분이 넘게 걸린다.

등굣길에는 부지런히 걸어 학교엘 갔지만 하굣길에는 놀거리가 너무 풍성해 경유지가 많았다.

여름이면 개울에 알몸으로 풍덩 빠져 수영을 하기도 했고, 느티나무에 올라 잠자리며 매미를 잡기도 했다. 봄에는 아카시아며 진달래꽃을 따 먹었고 가을에는 밤, 대추가 하굣길 간식이 되기도 했다.

겨울에는 논에 물을 대어 빙판을 만들고 썰매 타기와 시골 아이스하키를 즐기기도 했다.

또한 정월대보름 오곡밥을 훔쳐서 먹으려 이 집, 저 집 담을 넘기도 했고 그 시절 인심에는 일부러 가마솥에 각종 나물 반찬과 오곡밥을 넣어 주셨던 동네 어른들이 계셨다.

쥐불놀이한답시고 깡통에 구멍을 뚫고 소나무 광술과 장작을 패어 불을 지피고 돌리다가 던지고는 논 한가운데 집가리를 다 태워 어른들께 혼쭐이 난 기억도 새롭다.

누구나 어린 시절에 대한 추억은 있겠지만 우리같이 시골에서 자란 사람들에게는 그 기억이 한 폭의 풍경화로 남아 있다.

계절마다 모습을 달리하는 산과 들, 냇가를 따라 친구들과 아장아장 어울려 다니는 모습.

그땐 무슨 걱정이 있었고, 무슨 짜증이 있었을까?

그런 자연과 그 자연 속에 품긴 친구들이라면 마냥 즐겁기만 했다.

그 친구들과는 지금도 죽마고우로 막역하게 지낸다.

그렇게 운학초등학교를 졸업하고는 태성중학교에 입학했다.

태성중학교에 가니 용인읍내 친구들, 이동면 친구들, 포곡면 친구들, 모현면 친구들이 모였다. 한 학년 40명짜리 초등학교에 다녔던 놈이 엄청나게 다양하고 많은 친구를 만나게 된 것이다.

그렇게 또 그 친구들과 어울려 공부하고 놀며 우정을 쌓아 갔고, 그 우정은 지금까지 끈끈하게 이어지고 있다.

중학교 때 운학리에서 용인 읍내로 가는 버스는 하루에 3~4번 정도 있었던 것 같다.

읍내에서 친구들과 놀다가 막차를 놓치면 걸어가거나 지나가는 차를 얻어 타고 가야 했는데, 난 그것도 너무 즐거웠다.

깜깜한 비포장길을 친구들과 걷는 재미도, 흙먼지를 내뿜으며 달려오는 트럭을 세워 “한 번만 태워 주세요~”라고 애원하던

'히치하이크'도, 모두가 잊을 수 없는 추억들이다.

태성고등학교에 진학해서는 결혼해서 분가하신 둘째 형님네, 김량장리 주공아파트에서 학교에 다녔다. 야간자율학습도 있고 입시 준비를 해야 하니 운학리 골짜기보다는 편하게 다니라는 집안의 배려였다.

그래도 나는 지금도 운학리 골짜기를 따라 걷고, 비포장길 버스에 출렁대던 그 시절이 매우 그립다.

조상님께 생화를? 조화를?

‘생거 진천, 사거 용인’이라는 말이 있다.

살았을 때는 충북 진천이 좋고, 죽고 나서는 경기 용인에 묻히는 게 좋다는 얘기다.

용인시에 묘지가 많은 이유이기도 하다.

묘지가 많다고 나쁜 건 아니다.

묘지는 주로 명당에 쓰기 때문에 우리 용인시 처인구가 명당이라는 뜻이다.

전두환 전 대통령(양지면 추계리), 김대중 전 대통령(이동읍 묘봉리) 등도 대통령 취임 전 선대들의 묘소를 용인으로 옮겼다.

고(故) 이병철 삼성 회장의 묘역도 용인시 포곡읍에 있다.

서울에도 선릉, 정릉 등 묘지 터 주변에는 대기업과 브랜드 아파트들이 즐비해 있다.

우리 용인시 처인구에는 공설·공동묘지에 5,000기 정도, 공원 묘지에 50,000기 정도, 기타 자연장과 수목장, 납골묘, 개인 묘지 등을 합치면 100,000기 내외의 묘지나 납골당이 있을 것으로 추정된다.

처인구 인구가 270,000명이니 살아 있는 인구의 3분의 1 이상이 잠들어 계신 것이다.

용인이 명당은 명당인가 보다.

그런데….

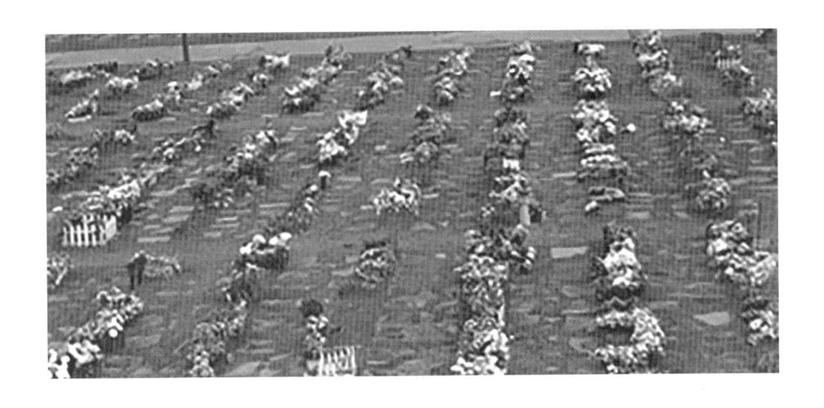

사진처럼 묘역에 온통 조화(造花)가 자리 잡고 있다.

공원묘지를 가든, 자연장을 가든 온통 조화뿐이다.

특히 자연장에 조화가 만발한 모습은 아이러니하다. 자연으로 돌아가는 것이 자연장인데 조화라니.

유족 입장에서는 명절에만 성묘를 오는데, 생화를 가져다 놓으면 시들기 때문에 조화를 놓는 것이다.

그런데 조화도 색이 변하고 훼손되기 때문에 다음에 올 때는 또 다른 조화를 사 와야 한다.

폐기물이 되는 것이다.

이 폐기물은 용인시가 처리해야 한다.

100,000기에서 나오는 조화 폐기물을 처리한다고 생각해 보시라.

엄청난 재정 낭비가 초래될 것이다.

내 생각에는 용인시 명당으로 성묘를 오실 때에는 조화 말고 생화(生花)를 사 오시는 게 좋겠다.

생화는 시들고 썩으면 다시 자연으로 돌아간다.

나와 닮은 미륵불

용인시 처인구 원삼면 미평리에 다녀왔다.

미평리에는 고려시대의 것으로 추정되는 커다란 석조 미륵불이 있다.

높이는 4m 30cm, 둘레는 3m 40cm. 정말 크다.

미평리(弥坪里)라는 마을 이름도 '미륵불이 있는 평야'라는 뜻이다.

나는 이 미륵불이 정말 좋다.

이유는 나처럼 촌놈 티가 팍팍 나기 때문이다.

석굴암 불상, 금으로 만들어진 깔끔한 불상, 권위 넘치는 금속 불상 등등.

우린 너무 잘생긴 불상들만 봐 왔다.

그런데 미평리 미륵불은 너무도 우리와 닮았다.

이런 미륵불은 위대한 예술가가 만든 것이 아니라 그냥 서민,

원삼에서 농사 짓던 사람들이 뜻을 모아 만들었을 것이다.

그래서 미륵사상은 가난한 농민과 서민들을 기반으로 탄생했고, 지금도 유지되고 있다.

미평리 농민들도 이 미륵불에게 소원을 빌며 올해 농사가 잘 되라고 기원을 했을 것이다.

미륵불은 대체로 코가 크다. 이 미륵불도 그렇다.

그래서 예전에는 미륵불 코를 긁어다가 물에 타 마시면 아들을 낳는다는 지극히 서민적인 속설이 있었다.

미평리 미륵불도 코를 자세히 보면 많이 긁혀 있다.

그러나 이건 속설이니 절대 따라 하면 안 된다. 문화재를 훼손하면 처벌받는다.

한국 기독교 순교자 기념관

용인시 처인구 양지면 추계리에 위치한 '한국 기독교 순교자 기념관'을 찾았다.

한국 기독교 100주년을 기념하기 위해 1989년 11월에 개관됐는데, 용인분들도 이런 곳이 있다는 걸 잘 모르신다.

한국 기독교는 우리나라 발전에 지대한 공헌을 했다.

구한말에는 새로운 학문과 기술을 보급했고, 일제강점기에는 독립운동에 앞장을 섰다. 6.25전쟁 속에서도 기독교인들은 나라 지킴의 중심에 있었다.

기독교는 한국 사회에서 교육, 의료, 문화의 구심점 역할을 해 왔다.

연세대학교, 이화여자대학교, 숭실대학교 등등 기독교인들이 세운 학교와 병원은 셀 수 없을 정도로 많다.

1884년 기독교가 들어 온 이래 조선 정부나 일제 점령 세력,

북한군에 의해 숨진 순교자가 무려 2,600여 명에 달한다고 한다.

이 중 신원이 확인된 600여 명의 순교자 명단이 순교자기념관에 헌정되어 있다.

고즈넉하고 청명한 성지.

주변에 산책로도 잘 조성돼 있으니 한 번쯤 들러 우리 역사를 되새기는 것도 좋을 듯하다.

한국의 산티아고 길 은이성지(隱里聖地)

양지면에 왔다가 은이성지(隱里聖地)에 들렀다.

은이성지는 김대건 신부를 기리는 '청년 김대건길(은이성지~안성 미리내성지, 10.3㎞)'의 출발점이다.

용인시가 조성했는데, 최근 산림청이 '걷기 좋은 명품 숲길'로 선정을 했다.

한국의 산티아고 길이라고 불리기도 한다.

1821년 충남 당진에서 출생한 김대건 신부와 가족들이 천주교 박해를 피해 온 곳이 은이성지이다.

은이(隱里)는 숨겨진 마을이라는 뜻. 천주교 박해를 피해 들어온 신자들이 숨어 지냈다고 해서 유래된 지명이다.

은이성지는 김대건 신부가 사제서품을 받고 처음으로 미사를 드린 곳이기도 하다. 김대건 신부는 은이성지를 중심으로 안성 미리내 성지 등을 오가며 사목 활동을 했다.

또 서울 한강 변에서 순교한 김대건 신부를 미리내 성지에 안장하기 위해 신도들이 시신을 옮겼던 경로이기도 하다.

은이성지에서 신덕-망덕-애덕 등 고개 3곳을 넘으면 미리내 성지가 나온다.

은이성지에는 김대건 신부의 삶을 볼 수 있는 기념관과 1845년 김 신부가 사제품을 받은 중국 상하이의 성당(김가항성당)을 복원한 건축물도 있다.

은이성지에서 4~5시간 정도를 걸으면 미리내성지에 도착한다.

청명한 계곡을 끼고 걷다가 험준한 고개도 넘고 그야말로 트래킹의 진수를 맛 볼 수 있고 중간중간 위치한 천주교 순례 성지도 탐방할 수 있으니 한국의 산티아고길 맞다~

우리 고장 용인 처인구에 이런 명품 숲길이 있다는 것이 자랑스럽다.

문수봉 지팡이 공유는 배려 문화!

용인시 처인구 운학리와 원삼의 경계를 이루는 문수봉을 찾았다.

문수봉은 원삼면 사암리와 문촌리를 품고 우뚝 솟은 403.2m 명산이다.

고려시대 마애불도 있고 산죽(山竹)이 군락을 이루고 있어 장관이다.

중턱에서는 원삼면이 한눈에 들어오는 탁 트인 경관을 볼 수 있어 정말 가슴이 시원하다.

문수봉을 거치면 이동면과 안성 미리내까지 능선을 따라 등반이 가능하다.

문수봉 등산로 입구에는 사진처럼 늘 나무 지팡이들이 비치돼 있다.

등산객들이 나무 지팡이를 주워 등반을 했다가 내려오는 길에 등산로 입구에 가지런하게 세워 두는 것이다.

그럼 다음 등반객도 수고를 하지 않고 지팡이를 이용할 수 있으니까.

이런 세심한 배려가 바로 우리 용인분들의 순박한 마음이 아닐까 싶다.

사소한 나무 지팡이 하나도 이웃과 함께 쓰려는 배려~

용인은 그래서 늘 따뜻하고 화목한 고장이다.

가을. 용인 처인구에는 훌륭한 등산 및 트래킹 코스들이 많으니 심신을 힐링해 보시는 것도 좋다.

청경채 메카 모현읍

지난 5월, 용인시 처인구 모현읍에 설치된 청경채 조형물이다.

이 조형물이 왜 모현읍에 있을까?

모현읍은 대한민국에서 생산되는 청경채의 70%를 길러 내는 청경채의 메카이다.

청경채는 원래 중국 배추로 불
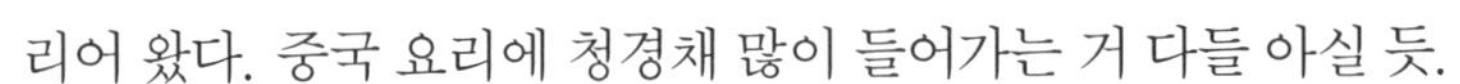
리어 왔다. 중국 요리에 청경채 많이 들어가는 거 다들 아실 듯.

짬뽕, 우동, 동파육, 류산슬, 팔보채 등등. 특히 요즘 젊은이들이 즐겨 먹는 마라탕에는 청경채가 필수다.

요즘은 한국식 샤브샤브나 칼국수 등에도 청경채가 들어간다.

아삭아삭한 청경채 식감~

청경채는 비타민과 칼슘, 마그네슘 등이 풍부해 면역력을 강화하고, 신진대사에도 좋다.

다만 청경채는 날로 드시는 것보다 살짝이라도 데쳐 드는 것이 좋다.

청경채는 70년대 후반부터 국내에서 재배됐다고 알려졌다. 최근에는 중국 음식이 대중화되면서 그 수요가 엄청나게 늘어났을 것이다.

그런 훌륭한 청경채를 가장 많이 생산하는 고장이 바로 우리 처인구 모현읍이다.

오죽하면 청경채 조형물까지 세웠을까?

올여름, 무척 덥고 습했다.

모두 가을을 앞두고 모현읍 청경채로 기력 회복합시다!

모현읍 청경채 화이팅!

다리 밑을 활용하자!

예전에 어른들이 “넌 다리 밑에서 주워 왔다”라며 종종 농을 던지셨다.

말 안 듣고 말썽을 피우는 아이들에게 그러셨다.

버려진 걸 주워 왔다는 뜻이다.

주워 와도 왜 다리 밑에서 주워 왔을까?

다리 밑은 눈비를 막아 주고 햇볕도 막아 주니 비교적 일반 노지에 비해 안전하다는 인식이 녹아 있는 것이다.

어렵던 시절 궁핍에 시달리던 사람들도 다리 밑에서 살았다. 다 이유가 있는 것이다.

사진에 보이는 곳은 수도권 제2순환고속도로(동탄-곤지암)가 지나는 용인시 삼가동 교각하부(橋脚下部)이다. 행정 용어로 교각하부이지 그냥 우리가 쓰는 말로는 다리 밑이다.

올여름 엄청 더웠다. 비도 많이 오고.

그런데 이 다리 밑에 있으면 더위도 피하고 비도 피할 수 있다.

오뉴월 무더위와 장마에도 다리 밑에만 가면 시원하게 피서를 즐길 수 있고 가족끼리 조촐한 피크닉도 할 수 있다.

예산이 투입된다면 주민들 휴게 공간과 운동 공간도 만들 수 있다.

실제 용인시에서도 교각하부에 족구장과 운동 시설을 조성한 사례도 있다.

교각하부 부지는 대개 놀리기 마련이다.

그런데 조금만 생각을 바꾸면 이 교각하부가 주민들에겐 더 없이 소중한 쉼터이자 운동 공간이 될 수 있다.

용인 처인구 곳곳에서 고가차도와 고속도로 공사가 한창이다.

교각하부!

놀리지 말고 주민들을 위한 공간으로 조성해야 한다.

활용 가능한 교각하부에 대한 전수 조사를 벌이고 예산을 편성해 주민들에게 개방해야 한다.

백암 백중문화제를 세계 농업 축제로!

영국 스코틀랜드에 '에든버러'라는 도시가 있다.

전체 면적은 8,000만 평, 인구는 50만 명 정도이다.

에든버러는 스코틀랜드 경제 도시로, 금융 및 각종 산업이 발달한 곳이다.

그런데 이 도시의 주된 수입원이 '축제'라는 걸 눈여겨 볼 필요가 있다.

매년 8월 벌어지는 '에든버러 국제 페스티벌(The Edinburgh International Festival)'은 세계 최고 축제다.

1947년에 시작된 축제로 춤, 클래식 음악, 오페라 등의 장르에서 활약하는 공연 팀들이 참가한다. 보통 8월 중순부터 3주 동안 에든버러 시내에서 끊임없이 진행된다.

비슷한 기간에 열리는 '프린지 페스티벌(The Edinburgh Fringe Festival)' 역시 에든버러를 대표하는 축제다.

이 축제는 에든버러 국제 페스티벌에 초청되지 못한 예술가들이 거리에서 공연을 펼치면서 시작됐다.

춤, 연극, 뮤지컬, 연주, 전시, 스탠드업 코미디, 마술쇼 등 온갖 장르의 예술 무대가 펼쳐진다.

에든버러 국제 페스티벌과 프린지 페스티벌이 열리는 3주 동안엔 북 페스티벌, 맥주 페스티벌, 밀리터리 타투, 대형 불꽃놀이도 한꺼번에 동시에 열린다.

50만 인구의 에든버러가 이 기간엔 관광객 100만 명을 가뿐히 넘어가며 시가지는 말 그대로 전 세계에서 온 관광객들로 북새통을 이루게 된다.

용인시 처인구는 면적 1억 4100만 평, 인구 27만 명 규모다.

에든버러보다 면적은 크고 인구는 적다.

지난 주말에 열린 백암 백중문화제를 다녀왔다.

공연, 먹거리, 각종 이벤트, 씨름대회.

정말로 풍성하고 멋진 축제였다.

이런 축제는 국제 행사로 체급을 올려도 전혀 손색이 없겠구나 싶었다.

백암에 근사한 공연장을 짓고 세계 농부들의 전통 놀이를 공연하는 것이다.

그리고 세계 농부들이 참여하는 농업 박람회를 열고, 세계 술 박람회도 열고, 음식 박람회도 열고, 국제 씨름대회를 열어도 된다.

한 달 내내 세계인들이 용인시에서 자고 먹고 기술 교류를 하고 문화를 향유 한다면 용인시는 세계 농업의 중심이 될 수 있다.

백암 백중문화제!

세계 농업 교류의 산실이 될 수 있는 용인시의 대표 행사로 육성해야 한다.

남사 화훼단지

가을엔 뭐니뭐니 해도 국화! 대한민국 최고 화훼단지. 용인 처인구 남사읍에 가면 보실 수 있다. 식재 기술의 발전과 시설 투자 등으로 남사 화훼단지는 세계적으로도 손색이 없는 규모를 갖추고 있다.

남사읍에 화훼단지가 자생적으로 자리 잡기 시작한 건 1990년대 후반부터이다. 그러다 2010년대 중반에는 과천과 의왕 지역의 농지가 개발이 되면서 그곳에서 화훼를 하시던 분들도 남사로 이동을 하셨다. 지금은 280여 농가가 화훼에 종사하고 있다.

남사 화훼단지는 도매와 소매가 모두 가능한 꽃 쇼핑 백화점이다. 주인분들이 모두 친절하셔서 화분 하나만 사도 이걸 어떻게 키우고 관리해야 할지 꼼꼼하게 알려주신다. 실컷 구경만 하다 나와도 싫은 기색도 없으시고~

가을의 막바지를 지나고 있다.

이번 주말에는 남사 화훼단지 가셔서 꽃 구경도 하시고 분재며 다육식물도 보시고 힐링하는 시간들 가져 보시길.

남사 화훼단지 파이팅!

연극 무대 데뷔

용인장날. 용인 중앙시장 특설무대에서 펼쳐진 연극 '맹진사댁 경사'에 출연했다. 용인시 연극협회의 적극 추천으로 연극 무대에 데뷔한 것이다.

나는 맹진사의 동생 역할을 맡았다. 갓을 쓰고 갈색 옷을 입은 사람이 윤재복~! 신인이라 대사는 별로 없었지만 주요 장면마다 나가 감초 노릇을 했다.

장날이라 정말 많은 분들이 관람을 하셨다. 그런데 연극이란 걸 해보니 목소리가 가장 문제였다. 배우들은 툭툭 대사를 던져도 목소리가 쭉쭉 뻗어 나가는 데 아마추어인 나는 소리를 낸다고 냈는데 모기 소리가 돼 버렸다. 배우들은 배와 가슴이 받쳐 주는 소리가 성대를 타고 뿜어지는데 난 그게 안된 것이었다.

무대 안에서 돌아 서고 바로 서고 포즈를 잡는 것도 역시 전문 배우들은 달랐다. 난 그냥 어정쩡하게 자리를 지키다가 나오라면 나오고 들어가라면 들어가는, 그야말로 엑스트라에만 충실했다.

젊은 친구들이 큰 돈벌이도 안 되는 무대에서 이렇게 열정을 다하는 걸 보니 많은 반성이 됐다. 나도 열정적으로 살고 있나? 예술을 하는 분들은 참으로 존경스럽고 또 존경스럽다.

아무튼 전통시장 활성화에는 문화콘텐츠가 최고다!

많은 분들과 교감을 나누고 흥에 겨웠다.

용인중앙시장 파이팅! 용인시 연극협회 파이팅!

상전벽해 원삼 하이닉스!

상전벽해(桑田碧海). 뽕나무 밭이 변해 푸른 바다가 됐다는 말이다. 그야말로 엄청난 변화를 뜻하는 것이다. 요즘 원삼면을 보면 상전벽해라는 의미가 정확히 맞아 떨어진다.

내 외갓집은 원삼면 두창리이다. 어릴 적 외갓집에 놀러 가 뛰놀던 뒷동산이 사진처럼 상전벽해 되고 있다. 원삼면 일대에 들어서는 415만 6,135㎡(126만 평) 규모의 SK 하이닉스 반도체 클러스터 공사 현장, 규모도 엄청나고 2027년 첫 가동을 목표로 빠르게 공사가 진척되고 있다.

하이닉스 반도체 클러스터가 들어서면 원삼면에는 배후단지와 주거단지, 상업시설 등이 들어서며 신도시급으로 성장을 하게 된다. 정말 대단한 일이다. 특히 하이닉스와 협력할 반도체 소재·부품·장비(소부장) 기업들이 잇달아 용인에 거점을 구축하고 나섰다. 무려 50여 개에 달하는 소부장 중견기업들이 원삼면으로 입주하게 된다.

놀라운 변화! 놀라운 성장!

세계 최고의 반도체 도시로 성장할 원삼면을 응원한다.

포은 정몽주를 기리며!

용인시 처인구 모현읍 능원리 포은 정몽주 선생님 묘역에 다녀왔다. 고즈넉하고 풍광이 좋아 몸과 마음이 차분해지는 곳이다.

정몽주 선생님은 고려의 절개 있는 선비셨다. 설명이 필요 없는 우리 역사의 대표적 인물 중 한 분이시다. 이런 분의 묘역이 용인에 있다는 게 자랑스럽다. 경기도 기념물 1호. 정몽주 선생님께 인사도 드리고 선생님 어머니가 지으셨다는 백로가 시비도 살펴봤다.

까마귀 싸우는 골에 백로야 가지 마라~

다들 아시는 글귀일 듯.

포은 묘역은 용인의 귀한 문화 상징이 되어야 한다. 주변 트래킹 코스도 있으니 민관이 잘 협력하면 멋진 문화관광 코스가 될 것이다.

매년 가을에는 이곳에서 포은문화제가 열린다. 멋진 공연과 체험프로그램이 펼쳐지니 가을이면 포은문화제 많이들 오셔서 포은의 절개와 가을의 정취를 느껴 보시길.

3장

세상 이야기

돈가스 한 접시 10만 원

얼마 전 신문에 보도된 내용이다.

음식 값이 너무 올라 직장인들도 학생들도 외국인 관광객들도 인상을 찌푸린다는 내용이었다.

냉면은 1만4,000원, 제육 한 접시는 3만 원, 탕수육은 한 접시에 14만 원, 돈가스 한 접시는 10만 원.

요리사가 그날 재료에 따라 음식을 만들어 주는 이른바 일식 '오마카세'는 1인분에 42만 원, 점심 소고기 코스 요리는 1인분에 8만 원, 특급호텔 점심 뷔페 1인분 16만 원, 빙수는 8만 3,000원.

기사에 나온 식당들은 대부분 1년 사이 40~50%가량 음식값을 올렸단다.

물론 기사에서는 값비싼 식당들 위주로 나열을 했겠지만 어디 이들 식당뿐일까?

서민들의 한 끼가 되는 국밥 한 그릇, 짜장면 한 그릇, 햄버거 한 덩어리 가격도 예전 같지 않다.

서울 햄버거 가격은 이미 미국 햄버거 가격을 추월한 지 오래다.

오죽하면 혈기 왕성한 대학생들에게 예산을 드려 '1천 원 식사'를 제공하는 정책에는 여야 할 것 없이 홍보에 열을 올리고 있다.

쌀은 남는다고 하고, 채소류도 대체 품목이 많고, 육류 수입도 원활한데 왜 이런 현상이 생긴 걸까?

이건 상당 부분 유통 정책의 문제다.

우리나라는 식자재의 유통 단계가 많게는 10단계 이상인 경우도 있다.

우크라이나 전쟁과 고금리, 에너지 가격 상등 등으로 인해 유통 단계마다 가격을 올렸다.

그러니 유통 단계가 10단계라고 하면 최종 소비자들은 10번의 상승 비용을 부담해야 한다.

품목별로, 지역별로 국가가 나서서 유통 단계를 혁신한다면 돈 아끼려 식당가를 맴돌며 메뉴판을 비교하는 슬픈 현실을 막을 수 있을 것이다.

국가는, 정치는 국민을 먹여 살리기 위해 존재하는 것이다.

그 가장 중요한 문제를 등한시하고 지금 국회는 정쟁과 이념전에만 빠져 있다 보니, 국민은 고생하고 국가의 품격은 곤두박질치게 된다.

지금 정부와 국회가 할 일은 '국가 유통 체계 혁신'이다.

저 트럼펫 불던 남자입니다

난 용인시 처인구에 있는 태성중·고등학교를 다녔다.

태성학교를 다닌 분들은 다 아시겠지만, 당시 태성고등학교 밴드부는 지역의 명물이었다.

지금은 고인이 되신 홍순정 선생님께서 지도하셨는데, 인기가 그야말로 '짱'이었다.

군민의 날(당시는 용인군이었음), 각종 체육대회 등에 불려 다니며 공연을 펼쳤다. 멋진 제복도 있었다.

중학교 시절, 하교 무렵, 고등학교 밴드부 트럼펫 주자가 멋진 선율을 연주하면 난 넋을 놓고 그 장면을 동경했다.

그리곤 태성고등학교에 진학해 밴드부에 가입했다.

밴드부는 선후배 및 연습과 생활 규율이 엄격했고 때때로 힘들기도 했다.

밴드부에서는 유포늄을 시작으로 곧이어 트럼펫을 불었고,

고등학교 3학년 때는 밴드부를 이끄는 악장도 했다.

그리곤 대학에 진학해서 트럼펫을 잊고 살았는데, 1학년을 마치고 군에 입대하니 또다시 트럼펫이 나를 기다리고 있었다.

육군 9사단 군악대!

일반인들에게는 백마부대로 알려진 최정예 사단 군악대에 선발된 것이다.

군악대의 군기는 익히 전해 들은 바가 있었으니 견딜 만했고, 상병 시절부터의 생활은 너무 재미있고 행복했다.

밤샘 행군을 마치고 복귀하는 장병들을 환영하는 새벽 연주, 신병교육대 수료생들을 위한 연주, 사단의 각종 행사에 나가 절도 있는 자세로 군기를 뽐내던 연주.

민간 행사에 초청을 받아 나가면 단연 군악대가 인기 최고였다.

병장 때는 군악대 병사들을 지도하는 하는 '교육장'까지 맡았다.

그런데 묘하게 군악대에서도 난 농사가 부업이었다.

신병 시절 인사계(지금으로 따지면 행정관)가 "농촌에서 태어나 농대를 다니다 왔구나."라며 막사 주변에 꽃 심는 일을 시켰다.

꽃을 심어 놓고 관리까지 깔끔하게 해 놨더니 일 잘한다며 이것저것 추가 주문이 밀려들었다. 깡통 막사에서 신식 건물로 이전하고 연습실을 새로 꾸밀 때도 나는 화단과 주변 조경 등 환경 정리 담당이 되었다.

그렇게 제대할 때까지 부대 내 조경은 물론 벽돌도 쌓았고,

어항도 만들었고, 나중에는 나무로 침대까지 만들었다.

인근 농가에 대민지원을 나가면 인기는 급상승했다.

경운기와 관리기, 트랙터 등 거의 모든 농기계를 자유자재로 다뤘고, 낫질이나 삽질도 나를 따라올 병사가 없었다.

농민 어르신들은 내 이름이 '재복'이라고 하면 '복덩어리'라고 부르며 새참을 가득 챙겨 주셨다.

트럼펫 불고, 병사들 지도하고, 조경이며 대민지원, 각종 작업도 도맡아 했으니 일복은 그때나 지금이나 타고난 셈이다.

제대하고는 트럼펫을 한 번도 불어 본 적이 없다.

트럼펫은 소리가 커서 아무 데서나 불 수도 없고, 제대 후에는 공부에 집중하느라 아예 잊고 지낸 탓이다.

아내도 내가 트럼펫 연주자였다고 하면 '그럼 청혼할 때라도 연주를 해 줬어야 하는 거 아니냐'며 의아해한다.

나 트럼펫 불던 남자 맞는데…….

요즘도 백마 군악대 출신들과 모임이 있다.

일 년에 두어 번 만나는데, 이제 다시 각자의 악기를 연주해 보는 건 어떻겠냐는 이야기들이 오간다.

과연 내가 다시 트럼펫의 멋진 곡조를 가족을 위해 부는 날이 올까?

염색, 할까요~ 말까요?

요즘 고민이 '머리 염색을 해야 하나~ 생긴 대로 살아야 하나' 이다.

나는 1969년생인데, 다들 아시다시피 백발(白髮)이다.

친구들을 만나 소주 한잔 나누면 빈번히 생기는 일.

"재복아! 너 인마, 요즘 왜 이렇게 바빠?"

"재복아! 저 자식, 지난번에 살리초 갖다 준다며. 왜 안 줘?"

재복아~! 재복아~! 재복아~!

친구들끼리 만나면 서로 농익은 욕설도 하기 마련인데, 옆 테이블 반응이 심상치 않다. 내가 백발이기 때문이다.

머리 시커먼 놈들이 머리가 허연 어르신한테 반말과 욕을 하니 '저 인간들은 도대체 뭔 관계인가?' 하며 의아해하는 눈빛이다.

사실 우리 집안은 흰머리가 트레이드마크이다.

돌아가신 아버님도 일찌감치 백발이셨고, 생존해 계시는 99세 어머니도 일찍 그랬다.

형님들도 대부분 마찬가지다.

7남 중 막내인 나는 성인이 되고 나서 가벼운 새치만 있었다.

그러다 2002년 서울대 박사 학위 논문을 마무리할 무렵부터 나도 완전한 백발 대열에 합류했다.

유전적인 것도 있을 테지만 학위 논문으로 인한 스트레스도 한몫했을 것이다.

근 1년간을 새벽 별 보고 집에 들어가 새벽 별 보면서 연구실에 나왔으니까.

백발이 되고 난 뒤에 염색을 몇 번 했는데, 매번 두피에 염증이 생겼다.

이래저래 귀찮기도 해서 염색도 그만두고 생긴 대로 살았다.

그나마 머리숱이 많은 편이라 그걸로 위안으로 삼았다.

그런데 요즘 사업을 하며 혹은 대외 활동을 하며 또 백발이 고민이다.

어떤 분들은 "젊은 나이인데 그렇게 머리가 희면 어떡하냐? 깔끔하게 염색 좀 해라."라고 하신다.

또 어떤 분들은 "여태껏 흰머리로 살아왔는데 뭘 이제 와서 염색하느냐? 백발로 인해 기억하기도 쉽고, 여러 사람 가운데서도 도드라지니 그냥 다녀라."라고 하신다.

확실히 염색하면 젊고 깔끔해 보이긴 하겠지만 지속적인 시간 투자와 노력이 있어야 한다.

그냥 백발로 다니면 편하긴 하지만 이미지 만들기에는 어떤 영향을 미칠지 모르겠다. 요즘 MZ세대들에겐 꼰대 스타일로 비치지는 않을지 걱정이다.

후배가 얘기했다.

"형님! 요즘 형님 페북에서 인기 많으시던데 투표 한번 해 보세요!"

주변 지인들께 물어보니 '해라, 하지 마라'의 비율이 거의 반반이다.

반반 치킨도 아니고 어떻게 해야 할지….

탐보라 화산

전에 미국 캘리포니아 서부 개척을 언급하며 탐보라 화산을 얘기한 적이 있다.

오늘부터 몇 회는 탐보라 화산 얘기를 구체적으로 해 보려 한다.

지구와 인류의 변화가 새로운 변곡점을 만들고 그 변곡점이 새로운 삶의 판도를 만들었다는 점을 설명하기 위함이다.

우리 같은 과학자들은 그 변곡점을 아주 예민하게 예측하고 그에 대한 대비책을 마련하는 것이 임무이자 사명이기 때문이다.

1815년에 폭발한 인도네시아 탐보라 화산은 현지인 10만 명 이상의 목숨을 빼앗았다.

인류의 역사에 기록된 최악의 화산 폭발이었다.

4,000m가 넘는 산이었는데, 화산 폭발로 인해 1,500m가 없어졌다고 한다. 지금 인류가 보유하고 있는 핵무기 에너지 총

량의 10배가 넘는 규모가 한 번에 터진 것이다.

문제는 화산재였다. 대류를 타고 화산재가 북상하며 전 세계는 검은 하늘 아래에 갇혀 버리게 된다.

엄청난 화산재가 핵겨울과 비슷한 이른바 '화산 겨울(Volcanic winter)' 효과를 일으켰다.

연간 세계 평균 기온이 섭씨 0.4-0.7℃ 정도 떨어졌다. 6월 4일, 즉 여름에 미국 코네티컷주에 서리가 내렸고, 6월 6일에는 알바니, 메인, 뉴욕과 데니스빌에 눈이 내렸다. 전 세계가 여름을 잃어버린 것이다.

이런 검은 하늘은 지구상에서 2년이 넘도록 계속됐다.

조선왕조실록 순조 16년(1816년)의 기록에도 대기근이 명시돼 있다.

문제는 유럽과 미국 동부를 잇는 북대서양 인근이었다. 지구자전(自轉)과 대류 이동상 화산재가 그쪽으로 집중된 것이다.

해가 들지 않으니 여름이 없는 나날이었다. 농작물은 죽어 갔고, 사람들은 먹을 것이 없었다. 유럽에서는 200만 명이 굶어 죽었다.

워싱턴과 뉴욕 등 미국 동부에 정착한 유럽인들이 서부 개척에 나선 것도 화산재 때문이었다.

화산재 직격탄을 맞은 유럽인들은 어떻게 살았을까?

우선 농작물이 냉해를 입었으니 먹을 것이 없었다. 폭동과 민란이 일어났다. 그 유명한 구호 '빵이 아니면 피를!(Bread or Blood)'도 그때 비롯됐다.

그래도 뭔가를 먹어야 살 수 있었으니 키우던 가축을 잡아먹기 시작했다.

소를 잡아먹고, 양을 잡아먹고, 돼지를 잡아먹고, 닭을 잡아먹고.

그래도 화산재가 없어지기까지는 2년이나 걸렸다. 결국 교통수단인 말도 잡아먹었다.

말까지 잡아먹었으니 이제 타고 다닐 교통수단이 없어졌다.

그래서 자전거가 나왔다. 그전에도 자전거는 있었는데, 말 타고 다니는 데 익숙한 사람들에겐 별로 필요 없는 도구였다.

자전거가 보편화되고 나니 여성들이 "바지를 입게 해 달라"고 요구를 했다.

당시 유럽에서 여성들의 바지는 용납되지 않았었다.

결국 여성들이 바지를 입게 됐다. 바지를 입은 여성들은 자전거를 타고 더 많은 활동 영역을 갖게 됐다.

그리곤 또 요구했다.

"참정권, 투표권을 달라고!"

탐보라 화산은 여성들에게 참정권, 투표권을 줬다.

화산 폭발이 삶을 바꾸다

탐보라 화산의 폭발은 유럽인들의 삶을 완전히 바꾸어 놓았다.

타고 다녀야 할 말을 다 잡아먹었으니 자전거가 대중화됐고, 자전거를 타기 위해 여성들이 바지를 입기 시작했고, 결국 활동 영역이 넓어진 여성들에게는 참정권과 투표권이 주어졌다.

자전거는 말과 비교해 정말 편한 교통수단이었다.

말은 먹이도 줘야 하고 추위나 더위가 오면 정성을 다해 돌봐줘야 하는데, 자전거는 그럴 필요가 없었다. 말처럼 차지하는 공간도 작았다. 똥이나 오줌도 안 싼다.

그뿐만 아니다.

말에 의존했던 교통수단은 비약적인 발전을 한다.

유럽 사람들은 덩치만 크고 요란하기만 했던 증기기관의 상용화에 착수했다.

결국 세계 최초로 영국 리버플-멘체스터 철도가 1830년 개통됐고, 유럽 국가들은 앞다퉈 거미줄 같은 철도망을 구축했다.

증기기관의 발전은 산업혁명으로 이어진다.

탐보라 화산 폭발 이후 기근에 시달리던 인류가 스스로 삶의 패턴을 발달시킨 것이다.

말이 교통수단에서 밀려나기 시작하자 말 안장이나 채찍, 고삐 등을 만들어 팔던 '마구상(馬具商)'들은 불황에 직면한다.

마구들은 대부분 소나 말의 가죽으로 제작되는데, 사람들이 말을 타지 않으니 가죽은 남아돌고 수요처가 없어졌다.

마구를 만들어 팔던 프랑스 최고의 장인은 남는 가죽으로 여성들의 백과 브로치, 장신구 등을 만들어 팔기 시작했다.

이것이 지금도 전 세계 여성들의 로망인 '에르메스' 브랜드의 시작이었다.

철도망이 구축되니 장거리 여행이 쉬워졌다. 여성들도 여행을 다닐 수 있었다. 그런데 여성들은 남성들보다 아무래도 짐이 많기 마련이었다. 옷가지도 남성들보다 부피가 컸다.

여성들을 위한 여행 가방 '루이비통'이 나왔다. 구찌와 버버리, 샤넬 등의 브랜드들도 속속 등장했다.

말을 다 잡아먹고 난 뒤 인류의 교통수단 연구는 자동차로까지 이어졌다.

1886년, 칼 프리드리히 벤츠는 세계 최초의 자동차를 만들었다.

하지만 자동차는 바로 상용화할 수 없었다. 자동차를 타려면 길이 있어야 하는데, 말과 자전거에 맞춰 닦아 놓는 도로는 너무 좁았다.

자동차를 타기 위해서는 길을 내야 했다.

인류의 도로 구축 기술이 발달하기 시작했고, 이와 함께 토목 기술과 포장 기술도 발달했다.

인류의 역사는 1815년 탐보라 화산 폭발을 기점으로 비약적인 변화를 맞은 것이다.

이처럼 인류는 몇 번의 변곡점을 겪었다.

그리곤 그 변곡점에서 인류는 포기하지 않고 자신을 스스로 지키기 위한 노력을 했으며, 그 노력은 삶의 질 향상과 편리함이라는 결과를 만들어 냈다.

전혀 알지도 못했던 인도네시아의 화산이 인류의 생활 방식을 완전히 바꾸어 놓은 것이다.

변곡점!

인류에게 언제 또다시 탐보라 화산 같은 변곡점이 찾아올까?

바로 지금이다.

또 다른 탐보라 변곡점! 지금이다

탐보라 화산 폭발은 앞에서 설명한 것 말고도 인류의 삶에 더 많은 변화를 초래했다.

우선, 화산 폭발로 인해 해수면이 상승해 바닷물이 민물로 유입됐다.

욕조나 수조에 물을 가득 받아 놓고 손바닥으로 파장을 일으켜 보자. 담겨 있던 물은 넘치기 마련이다.

탐보라 화산 폭발은 1945년 히로시마에 투하된 핵폭탄 17만 개가 한꺼번에 터진 것과 같은 위력이었다.

당연히 바다에 강한 파장이 전달됐을 것이고, 바닷물은 육지로 상승해 민물로 유입됐다. 민물과 바닷물이 섞이며 수생 생태계는 기이한 현상을 일으켰고 급기야 지하수까지 오염되며 콜레라가 창궐하게 됐다.

탐보라 화산 폭발 이후 전 세계에서는 수백만 명이 콜레라로

죽은 것으로 알려졌다. 인도에서 시작한 콜레라는 러시아까지 번졌고, 1차, 2차, 3차 팬데믹을 일으켜 인류 역사상 최악의 전염을 기록했다.

당시 사람들은 이 병의 원인과 치료법을 알지 못했다.

나중에 콜레라가 수인성 전염병이라는 것을 알게 된 인류는 상하수도 정비와 식수 관리 등을 정책에 반영한다. 의료체계도 발전한다.

탐보라 화산 폭발 이후 미국은 대공황을 겪게 되고, 유럽에서는 약탈과 폭동이 일어난다.

예술계의 패턴도 바뀐다.

암울하고 어두운 하늘을 바라봐야 하는 예술가들은 '드라큘라' 같은 음습한 작품을 쓰거나 인상파에 영향을 미친 잿빛 하늘 그림을 그렸다.

재배 작물의 변화도 일어난다. 중국 윈난성에서는 곡물이 흉작을 입자, 대체 작물로 양귀비를 잔뜩 심어 팔았다. 곧 중국 사회 전체에 '마약'이라는 골칫거리로 자리 잡는다.

자, 이제 탐보라 화산 폭발로 인한 키워드를 정리해 보자.

지구 기후의 변화, 이상 기온, 흉작, 기근, 곡물가 상승, 패션의 변화, 교통수단의 변화, 전쟁, 폭동, 마약, 유통 체계 변화, 전염병의 창궐, 빈부 격차 심화, 변화에 대처하기 위한 인류의 노력….

이들 키워드를 보면 정말 기가 막히게도 오늘날 인류가 겪고 있는 일들과 일치한다.

어느 것 하나 일치하지 않는 것이 없다.

인류는 사상 최악의 지구 온난화를 겪고 있고 이로 인한 태풍과 산불, 흉작, 기근, 곡물가 상승을 겪고 있다.

우리나라에서도 추운 겨울 외투가 필요 없는 시대가 됐고, 이산화탄소 저감을 위해 인류는 배터리 차 상용화에 박차를 가하고 있다.

전쟁과 폭동이 만연하고 마약이 보편화되고 있다.

배달 위주의 유통 체계가 이미 자리를 잡았고 코로나19 전염병 창궐로 전 세계가 4년간 국경을 닫아야 했다. 빈부 격차도 갈수록 심해지고 있다.

인류는 지금 탐보라 화산 이후 또 한 번의 변곡점을 지나고 있다. 이 변곡점을 극복하고 새로운 지구 환경을 만들면 인류는 살아날 것이고, 그렇지 못하면 미래는 보장이 없다.

그러나 탐보라 때나 지금이나 또 하나의 공통 키워드를 보면 그나마 희망적이다.

'변화에 대처하기 위한 인류의 노력!'

인류는 탐보라 때도, 지금도 그 노력을 멈추지 않고 있다.

변화에 대처하기 위한 인류의 노력!

1815년 탐보라 화산 폭발로 인한 인류 삶의 변화를 살펴봤다.

화산 폭발로 인류가 변곡점을 겪었던 것처럼 현대 사회 역시 커다란 변곡점에 놓여 있다는 것도 확인했다.

탐보라 화산과 지금의 변곡점은 모두 같은 키워드를 가지고 있는데, 그중 '변화에 대처하기 위한 인류의 노력!'이라는 공통 분모가 있다.

이것이 인류가 희망을 품을 수 있는 이유다. 탐보라 화산 폭발을 계기로 인류가 교통수단을 발달시키고, 의학을 발달시키고, 패션을 변화시키고, 농업과 공업 기술을 대폭 향상한 것처럼 말이다.

탐보라 화산이 세계인들의 생존을 위협했던 것처럼 현대 인류는 스스로가 초래한 지구 온난화로 생존을 위협받고 있다.

모두 멸망할 수 있다는 공감대가 형성됐다.

인류는 온실가스 감축을 논의하기 시작했고, 점차 실행에 옮기고 있다.

그래서 나오고 있는 대표적인 기술이 배터리 차와 친환경 에너지이다.

인류가 엄청난 기술 발달을 이어 오는 과정에서 내연기관 교통수단과 화석 연료는 지대한 공헌을 했다.

하지만 이것들은 지구를 오염시키고 급기야 전 세계의 기온을 올려 남북극의 빙하를 녹이고 이상 기후를 초래했다.

인류는 이 위험을 깨닫고 배터리 차와 친환경 에너지 개발에 박차를 가하는 것이다. 스스로가 죽거나 후손 세대의 지구 멸망을 초래하지 않겠다는 인류의 순수한 의지다.

탐보라 화산 때와 마찬가지로 '변화에 대처하기 위한 인류의 노력!'이 이어지고 있다.

배터리 차와 친환경 에너지는 미래 산업의 판도를 바꿀 것이다.

기존 석유 연료 자동차를 정비하던 카센터들은 곧 배터리 차에 적응하지 못하면 큰 위기를 맞게 된다.

화석 연료 중심의 보일러와 냉난방 기기 업체도 변화를 준비하지 않으면 곧바로 어려움에 부닥칠 것이다.

인공지능(AI)과 로봇 산업은 배터리 차보다 훨씬 큰 파괴력을 가질 것이다. 이미 인공지능이 우리 곁에 와 있고, 그 기술이 어떤 방향으로 어떻게 발달할 것이냐에 따라 인류는 행복할 수도 있고 불행에 직면할 수도 있다.

지구가 더워지고 있으니 한겨울 패션도 변화를 겪을 것이다.

이미 남성 정장 가게에서는 두꺼운 모직 양복을 팔지 않는 곳이 많다. 춘추복과 하복 위주로 패션이 변하고 있다.

미래 교통수단인 드론도 대세다. 드론은 상대적으로 탄소 배출이 적고 가볍고 효율적이다. 국방부터 농업, 교통·운송 수단 등 드론 산업은 배터리 차 못지않은 변화의 축이다.

농작물도 이미 변화가 시작됐다. 앞으로 우리나라 사과 주산지는 강원도로 바뀔 것이고, 전라도와 경상도에서는 파인애플과 망고 같은 열대작물을 키워야만 수익을 올릴 수 있다. 농촌진흥청은 이미 이 같은 현상을 직시하고 농업 개편 가이드라인을 제시하고 있다.

강원도 동해안에서는 수온 상승으로 광어와 우럭이 줄어들고 있다. 명태는 북쪽 바다로 올라가 자취를 감춘 지 오래다.

민첩한 기업과 투자자들은 이를 예측하고 지구 변화에 맞는 경제 생태를 구축하고 있다. 민간 경제는 동물적으로 지구 환경 변화에 대처하기 시작한 것이다.

자! 문제는 정치다.

지금 국민들은 '새로운 지구 환경'이라는 변곡점에 놓였는데, 지도자들이라 불리는 사람들은 이를 너무 안일하게 생각하는 것이 아닌가?

대통령은 매일같이 신기술, 미래 산업을 논하고 있는데 정작 정치권은 그날그날 이슈에 매몰돼 양분되어 정쟁에만 매달리고 있다.

정부도, 국회도 미래를 위한 과학 기술 개발에 매진해야 한다.

그래야 지방자치단체들도 자신의 지역 상황에 맞는 미래 준비를 할 수 있다.

그걸 지금 하지 않으면 더 이상 진화하지 못하고 결국 우리는 변곡점에서 주저앉아 있거나 사라지게 될 것이다.

라틴어와 한자(漢字)

대학원 석사 과정 때 집에서 라틴어 교과서를 베고 낮잠을 잤다.

방에서 공부하다 책을 베고 잠들어 버린 것이었다.

잠에서 깨니 아내가 묻는다.

"여보, 그건 무슨 책인데 자면서도 몸에 붙이고 있어요?"

"라틴어 교과서."

"라틴어는 어느 나라에서 쓰는 말인가요?"

"지금은 아무 데서도 안 써요."

"…."

아내는 잠시 말문이 막힌 듯하더니 말한다.

"석사 과정 공부할 전공 과목과 논문 읽기도 바쁘다고 하면서 갑자기 웬 라틴어요?"

"그러게. 근데 여보…."

그때나 지금이나 라틴어를 공부하는 사람은 드물다.

라틴어는 로마제국의 언어이다.

로마제국이 강대해 영토를 확장하다 보니 그들의 언어가 유럽을 지배했다.

독일어 불어, 영어, 스페인어 등 유럽의 모든 언어가 라틴어의 영향을 받았다.

로마제국은 경제 용어, 과학 용어, 성경 용어 등등을 모두 라틴어로 통일했다.

그때부터 식물의 학명(學名)도 라틴어로 통일됐다. 내가 지금껏 연구하고 있는 고추의 학명은 '캡시쿰 안늄(Capsicum annuum)'이다.

화학, 물리 등의 원소명들도 모두 라틴어다. 기초 의학도 마찬가지다.

지금은 라틴어를 사어(死語), 옛날에는 쓰였으나 지금은 없어진 언어로 친다.

바티칸 교황청에서만 공용어다.

그런데 과학계에서는 라틴어가 아직도 공용어처럼 통용된다.

아내는 아무 데서도 안 쓰는 말을 공부하는 내가 이상하게 생각되었겠지만, 라틴어는 과학자들의 숙명이다.

라틴어가 사어(死語)라고 하지만 유럽과 미국의 언어에는 라틴어가 고스란히 녹아 있다. 공용어는 아니지만, 상당수의 단어가 라틴어를 어원으로 하고 있다. 예를 들기 힘들 정도로 많다.

우리 생활 속에 라틴어가 그대로 쓰이는 경우도 허다하다.

워터파크나 스파, 수족관을 가면 '아쿠아(Aqua)'라는 표기가 흔하다. 이게 라틴어로 '물(水)'이라는 뜻이다.

유명한 자동차 이름 '에쿠스(Equus)'는 라틴어로 '말(馬)'이다. 내가 좋아하는 가수 김연자 누님의 '아모르 파티(Amor Fati)'는 '운명을 사랑하라'는 라틴어 표현이다. 혼돈을 뜻하는 '카오스(Chaos)'도 라틴어다.

브랜드명으로 쓰이고 있는 '레오(Leo·사자)', '루나(Luna·달)', '마리포사(Mariposa·나비)', '녹스(Nox·어둠)', '팍스(Pax·평화)', '솔(Sol·태양)', '스텔라(Stella·별)', '테라(Terra·땅)' 등등도 모두 라틴어다.

유럽과 미국의 명문 학교에서는 초등학교 때부터 라틴어를 가르친다.

라틴어가 통용되고 있지는 않지만 그들의 언어가 라틴어의 영향을 받았고, 그들의 언어에 라틴어가 고스란히 녹아 있으니 언어와 학문의 기초로 라틴어를 가르치는 것이다.

라틴어는 한자(漢字), 산스크리트어와 함께 세계 3대 언어로 불린다.

우리는 한자 문화권에서 살고 있다.

우리가 한자를 통용하지는 않지만, 우리가 쓰는 말과 문자는 상당수가 한자를 기원으로 하고 있다. 내가 지금 쓰고 있는 이 글도 상당수는 한자를 토대로 하고 있다.

그럼 지금 우리 아이들은 우리 말의 기초가 된 한자를 얼마나 알고 있고, 우리는 아이들에게 한자를 가르치려 얼마나 노력을 했을까?

중국의 문자라고 무시하고 등한시할 필요가 없다.

어차피 우리 말의 상당수 기반이 한자인데, 그 기원과 뜻을 아이들에게 가르쳐 올바른 문장과 학문을 할 수 있게 해 주는 것이 당연하다.

언어는 섞이며 발전한다. 섞이지 않는 언어는 확장성이 없다.

한자 문화권에 속해 있는 우리나라와 중국, 일본이 세계 경제와 문화의 주역이 될 가능성이 매우 크다고 본다.

그러니 미래의 주역이 될 우리 아이들에게, 우리의 자랑스러운 한글과 함께 한자를 제대로 가르쳐야 하지 않을까?

머리 염색, 새로운 명함

드디어 새로운 명함이 나왔다.

진작 인물 사진이 들어간 명함을 제작했어야 했는데, 흰머리를 그대로 유지할 것인가, 염색을 할 것인가 장고(長考)를 하다가 늦었다.

염색을 한 지 한 달쯤 지났다.

처음엔 걱정이 됐다.

사람들은 윤재복 하면 흰머리를 떠올리기 마련이었는데, 그걸 하루아침에 검은 머리로 바꾸면 정체성에 혼돈이 오지 않을까?

사람들 많은 곳에 있어도 흰머리 때문에 금방 눈에 들었는데 이젠 다른 사람들과 묻혀 버리는 것 아닌가?

지인들의 의견도 "흰머리가 윤재복 상징이니 유지해야 한다", "아는 사람만 만나는 것이 아니니 젊고 힘 있게 염색해야 한다"

는 의견이 팽팽했다.

이런저런 고민을 접고 "그래, 한번 해 보고, 아니면 다시 흰머리로 돌아가자."라는 결심을 했다.

결론은 대만족이다.

염색을 하고 나타나니 친구들과 지인들도 "처음엔 어색했는데 자꾸 보니 젊고 힘 있어 보인다"는 의견이 대부분이었다.

실제로 사진을 찍어 보고 영상도 찍어 봤다.

내가 봐도 좋고, 보시는 분들도 예전보다 훨씬 인물이 난다고 말씀하신다.

귀찮고 번거로워도 염색을 하는 게 사람들 만나는 데 도움이 된다는 걸 이제야 몸소 깨달았다.

50대 중반 윤재복에겐 백발보다 검은 머리가 제격이었던 것이다.

염색 머리로 새로운 결심을 했으니 새로운 사진을 찍고 새로운 명함도 만들었다.

선관위에 질의해 답변도 받았다.

이제 이 명함을 가지고 용인 처인구 주민들과 인사를 나누고 지역 현안을 얘기하고 비전을 제시해 보려 한다.

오랜 고민 끝에 강력하고 자신감 있는 무기를 얻은 기분이다.

머리 색깔 하나가 사람 전체 이미지를 바꿀 수 있다는 게 새삼 신기하다.

그간 공부만 하느라 머리 염색 자체를 고민해 본 적이 없는데, 이젠 친구들에게도 염색을 권할 정도로 만족스럽다.

염색 전 사진

염색 후 사진

헤어스타일이야 자신의 취향이다.

백발에 만족하는 사람들도 있고 염색을 선호하는 사람도 있다.

그런데 이번에 느낀 건 대중과 어울리고 대중 속으로 빠져들려는 사람은 단정함과 깔끔함을 유지해야 한다는 것이다.

난 백발보다 검은 머리가 단정하고 깔끔해 보이는 50대 중반 젊은이였던 것이다.

이제 검은 머리 사진의 새로 나온 명함을 들고 대중 속으로, 깊게 그리고 넓게 빠져들어야겠다.

그간 머리 스타일에 대해 많은 조언을 주신 분들께 감사드린다.

전문성의 대중화!
그래서 난 망가져 볼 거다

일반적으로 사람들은 고깃집에 가면 고기를 먼저 시키고 후식으로 냉면이나 공깃밥에 된장찌개를 시킨다.

그런데 미식가들은 고기와 공깃밥을 함께 시킨다. 왜 그럴까?

이건 개인의 취향이 아니고 과학이다.

고기에는 단백질이 풍부하다. 쌀에도 단백질이 들어 있다.

고기의 단백질과 쌀의 단백질이 입안에서 만나면 그야말로 맛의 향연(饗宴)이 일어난다.

입안에 단백질이 가득해지니 이를 중화시킬 김치나 쌈채류가 들어가면 또 먹고 싶은 식욕이 생긴다. 그래서 미식가들은 먹고 또 먹고 음식을 즐긴다.

고기의 단백질은 당연하지만, 쌀의 단백질에는 비밀이 있다.

'완전미(完全米)'.

같은 쌀이라도 도정을 하고 나면 쌀알의 모습이 모두 다르다. 쌀알에 금이 많이 가 있는 쌀은 좋지 않은 쌀이다. 그런 쌀을 가지고 밥을 지으면 쌀알의 단백질이 모두 빠져나와 밥이 푸석푸석하다.

반대로 쌀알에 금이 없고 매끈매끈하다면 밥을 지었을 때 쌀알에 단백질이 그대로 남아 있다. 그래서 밥이 찰지고 맛있는 것이다.

완전미는 과학 용어이다.

그런데 이 완전미의 뜻을 일반인들은 잘 모른다.

그저 '○○쌀', '○○표 쌀' 등 브랜드에 의존한다.

"쌀 살 때 금이 많이 간 쌀은 안 좋은 쌀이에요."라고만 알려줘도 대중들은 금방 이해할 텐데 말이다.

연구하는 학자들은 자기 분야의 '대중화'를 간과하고 살기 마련이다.

"연구만 열심히 해서 결과를 보여 주면 되지 대중화까지 우리가 해야 하느냐?"는 입장이다.

맞는 말이다. 공부하기에도 시간이 빠듯한데 이걸 대중들한테 쉽게 설명까지 하는 건 벅찬 일이다.

하지만 누군가는 전문성을 대중화시켜야 할 필요가 있다.

학문이라는 것은 학문으로 그쳐서는 안 되고, 그 학문은 반드시 대중에게 혜택을 줘야 한다.

그리고 그 혜택의 내용과 원리를 대중도 알아야 한다.

그래야 관련 산업도 발전되고 소비자들도 올바른 정보를 갖게 된다. 그러면 가짜 뉴스나 거짓 정보에 속을 일도 없다.

요즘 고추 관련 영상을 찍어 SNS에 올리고 있다.

'고추밭 김매기', '좋은 고추 고르는 법', '작은 고추가 맵다?' 등의 영상을 올렸는데, 많은 분들이 시청을 해 주셨다.

어제도 '매운 고추 맛을 중화시키는 방법', '그릇된 고추 정보', '청양고추 이야기' 등을 촬영했다.

영상 내용은 어렵지 않고 익살스럽게 코믹하다.

함께 공부하던 제형(諸兄) 중 일부는 "윤 박사, 너무 망가지는 거 아냐?"라고 걱정을 해 주시지만 그래도 대중들 반응은 좋다.

고추는 쌀, 배추 등과 함께 한국인들이 가장 많이 먹는 작물이다.

그런 고추에 대해 정확한 정보를 주는 것도 누군가가 해야 할 일이라면 그 일을 내가 하고 싶다. 내가 학교에 있는 것도 아니고, 대중과 밀접하게 생활하고 있으니 그건 내가 적임자다.

그렇다고 어려운 데이터와 연구 자료들을 토대로 대중화를 시도할 수는 없다.

더욱 재미있게 더 대중적으로 고추를 알리면 모두가 공감할 수 있는 콘텐츠가 될 것이다.

김장철을 앞두고는 '좋은 고춧가루 고르는 법', '국산 고춧가루와 외국산 고춧가루 감별법' 등을 소개할 작정이다.

망가져도 대중에게 고추에 대한 올바른 정보를 줄 수 있다면 그것도 '고추 박사'인 나의 소명이라고 생각한다.

반바지 입고 회사에 가도
깔끔하기만 하면 괜찮을 텐데

지구 온난화로 인한 이상 기후에 대해서는 이제 구체적인 수치를 댈 필요가 없다.

최근에 우리가 눈으로 보고 몸으로 겪은 상황이 바로 지구의 변화다.

무시무시한 일들이 우리 앞에서 벌어지고 있다.

대류가 불안해지면서 폭우와 태풍이 인류를 할퀴는 일이 잦아지고 있다. 대류 불안정으로 인해 슈퍼컴퓨터와 AI로도 예측이 어렵다.

캐나다에서는 산불이 소중한 원시림을 태워 가고 있다. 언제 진화될지도 모르는 엄청난 재앙이다.

미국과 유럽에서는 극한 폭염이 기승이다. 50℃가 넘는 폭염으로 집 밖에서 몇 분만 걸어도 응급실로 실려 가는 일이 벌어지고 있다.

유럽의 전형적인 여름 휴가지인 지중해는 폭염으로 관광객의 발길이 끊겼다고 한다. 대신 서늘한 북유럽 쪽은 관광객들이 호황을 이룬다고 한다.

지구가 화났다.

매연과 수증기를 내뿜으며 편리함을 추구했던 인류가 지구를 화나게 만든 것이다.

방법은 단 하나다.

탄소 배출을 줄여 지구의 온도를 다시 낮춰야 한다.

그런데 이게 1~2년 만에 될 수는 없다. 배터리 차가 보편화되고 신재생 에너지가 자리를 잡으려면 적어도 100년이 걸릴 것이라는 게 전문가들의 의견이다.

그럼 결론은 우리와 우리 자식 세대들은 화난 지구와 함께 살아야 한다는 것이다.

계속되고 있는 집중 호우와 장마로 제방이 무너지고 산사태가 나는 일은 올해로 그칠 것이 아니다. 내년에도, 후년에도, 100년 동안 계속된다는 얘기다.

그럼 당연히 근본적인 대책을 세워야 한다. 댐도 더 만들고 제방도 단단하게 정비해야 한다.

이번 장마 동안 건설 현장들은 모두 중지됐다.

앞으로 100년 동안은 이럴 텐데, 여름마다 현장을 세워 놓을 지경이 된 것이다.

그럼 공기와 공정을 다시 생각해 봐야 한다.

농업 분야에서는 지구 온난화로 인한 변화가 위기의 현실로 됐다.

최전방 지역에서 사과가 자라고 있고 제주도 감귤이 수도권에서 재배되고 있다.

아열대 과일도 중부 이남 지역에서 잘 크고 있다.

이젠 그간 자기 지역에서 재배하던 작물만 고집하지 말고 변화된 환경에 맞는 대체 품종을 찾아야 한다.

여름철 장기간 비가 오는 것에 대비해 채소의 노지재배에 대한 대안도 마련해야 한다.

바닷물 온도 상승으로 어종들의 대이동도 일어나고 있다.

남해 어종인 복어가 동해안에서 잡히고 동해 어종인 오징어는 서해안으로 도망가 버렸다.

남해안 어종이 동해로 올라오자 식인 상어 백상아리도 먹잇감을 쫓아 동해로 왔다.

이제 동해 지역에는 백상아리 안전 수영장을 만들어야 한다.

사람들의 복장도 바뀌어야 한다.

이렇게 비와 폭염이 계속되면 여름철 복장을 반바지로 바꾸어야 한다.

긴바지는 덥고 비가 오면 금방 젖어 온종일 축축하다.

반바지는 시원하고 비가 와도 덜 불편하다.

긴바지 입고 덥다고 에어컨 빵빵하게 틀지 말고, 획기적으로 반바지 복장을 대중화시켜야 한다. 탄소 배출 저감에도 많은 도움이 된다. 관공서, 기업, 학교, 상점 등등 모두가 나서야 한다.

대통령이 먼저 나서면 더더욱 빠를 것이다.

DJ DOC의 노래 'DOC와 춤을' 가사 중 "반바지 입고 회사에 가도 깔끔하기만 하면 괜찮을 텐데"를 현실화시켜야 한다.

실제로 비가 많이 오고 더운 아열대나 적도 지역에 가면 공무원들도, 기업인들도, 학생들도 모두 반바지 차림이다.

화난 지구와 살기, 늦었지만 사회 모든 분야에서 지금 시작해야 한다.

그냥 예전처럼 살고 예전처럼 생각하다가는 화난 지구와 살기 힘들어진다.

깡통로봇이 현실로…
인공지능(AI)과 함께 사는 법

1976년, 김청기 감독의 〈로봇 태권브이〉라는 만화가 개봉됐다.

우리 세대 당시 어린이들에게는 폭풍적 '붐'을 일으켰던 작품이다.

"달려라, 달려, 로보트야~ 날아라, 날아, 태권브이~"로 시작하는 주제곡은 우리에게 학교 조회 시간에 부르던 애국가만큼 익숙했다.

주인공 훈이와 영희가 로봇 태권브이를 조종하며 악당들을 물리치고, 주전자처럼 생긴 '깡통로봇'이 등장해 영화의 양념이 됐다.

깡통로봇은 그냥 로봇이 아니었다. 주인공들과 얘기를 나누고 감정 표현을 하고, 촐랑대기까지 하며, 사람이나 다름없는 캐릭터였다.

그런데 이 깡통로봇이 우리 현실에 등장했다.

인공지능(AI). 영화 같은 일이 우리 삶에서 실현된 것이다.

사람들은 인공지능에 엄청난 데이터를 입력하고 네트워킹 기능까지 장착시켰다. 인공지능은 그 데이터들을 토대로 반응하고 행동하고, 정보 및 판단을 내놓는다.

군사용 로봇에 인공지능을 탑재하면 전장에 나가 스스로 공격 방어를 하고, 화력 요청을 하고, 수색 및 정찰도 한다. 전장을 파악하고 상황에 맞는 행동을 할 수 있도록 데이터가 입력된 것이다.

상점 종업원을 대체하는 인공지능은 손님의 신용카드 결제를 돕고, 손님의 안면 근육과 동공을 보고 건강과 기분까지 파악할 수 있다.

인공지능과 결제를 하고 있는데 "오늘 많이 피곤하시네요~" 라고 인공지능이 말을 건넨다면 화들짝 놀랄 것인데, 이건 이제 현실이다.

미국 기업이 만든 대화형 인공지능 '챗 GPT'는 요즘 정말 핫 이슈다.

"부산 출장 왔는데 뭘 먹어야 하지?"

"이번 주에는 어떤 주식이 유망해?"

"올해 수능 국어 문제는 어떤 게 나올까?"

세상 모든 일을 물어보면 인공지능이 방대한 데이터를 토대로 답변을 해 주는 것이다.

우리 윤석열 대통령도 얼마 전 방한(訪韓)한 이 회사 대표에게

"챗 GPT를 통해 신년사를 작성해 봤더니 아주 훌륭하더라."라고 극찬을 했다.

새로운 세상! 그러나 우려도 크다.

최근 외신 보도에서는 인공지능이 음란물을 수집하거나 생성해 유포한다는 지적이 나왔다.

인공지능의 데이터베이스와 네트워킹이 전 세계 핵무기 발사 버튼을 누를 수 있다는 걱정도 있다.

인공지능의 감정 문제도 지적된다. 최근 국제 IT 전시회에서 한 인공지능이 "저는 주인님을 사랑하는데 주인님은 저한테 관심이 없어요."라는 표현을 했다고 한다.

이게 데이터에 의한 음성 출력인지 진짜 감정 표현인지 지금으로서는 모를 일이다.

만일 진짜 감정 표현이라면 이건 인류를 재앙에 빠트릴 수 있는 뇌관이다.

막대한 데이터와 네트워킹을 가진 인공지능이 악한 감정을 가지고 사람들에게 보복한다면 항공관제 시스템을 붕괴시킬 수도 있고, 수술실의 전력을 마비시킬 수도 있다.

인공지능과 교육의 상관관계도 검토해야 한다.

교육이라는 것은 지식 습득과 함께 인성 배양이 동반돼야 한다.

그런데 학생이 과제도 인공지능과 하고 시험 준비도 인공지능과 한다면 교단은 위험해진다. 상당수 대학에서는 인공지능을 통한 과제 수행에 제약을 가해야 한다는 의견이 나오고 있다.

인공지능 로봇이 집에서 어린아이와 놀다 보면 자칫 인공지능을 '생명'으로 인식할 수도 있다. 이건 어떻게 받아들여야 할지 아무도 경험해 보지 않은 현실이다.

인공지능은 사람의 편리를 위한 기술이다. 세상은 사람이 중심이 돼야 한다.

이렇게 빠르게 성장하고 있는 인공지능도 인간을 중심으로 사용돼야 한다.

자칫 인공지능이 인간 사회를 교란에 빠트리고 인간을 지배하는 세상이 된다면 진짜 SF 영화에서 나오는 공포가 시작되는 것이다.

인공지능이 더 발전하고 우리 생활에 더 깊숙이 들어오기 전에 제도적 규제 장치를 만들어야 한다. 인공지능이 범죄에 악용될 소지를 막고 인공지능의 감정 사용을 규제해야 한다.

그래야만 세상의 주인인 사람이 인공지능과 함께 살 수 있다.

도심 항공 시대는 언제 올까?

아마존이 몇 년 전, 드론을 이용한 배달 서비스에 나섰다.

전 세계가 이를 주목했는데 지금은 흐지부지되고 말았다.

대도시에서 아마존 드론 배달 서비스가 실패한 원인은 대략 이렇다.

첫째, 아파트나 빌딩 밀집 지역에서는 드론 배달이 불가능하다. 행인들이 많고 전신주와 각종 장애물이 산재해 있어 사고 위험이 크기 때문이다. 설령 드론이 아파트나 빌딩 앞에까지 배달하더라도 그걸 실제 수령인이 있는 집이나 사무실까지 가져다주는 것은 불가능하다.

둘째, 미국 항공 당국은 배달 드론이 도로나 주택가, 도심 상공을 비행해서는 안 된다고 규제했다. 이것도 당연하다. 드론이 고장으로 추락하면 막대한 피해가 우려되고, 자칫 테러에 악용될 소지가 있기 때문이다.

아마존은 결국 인구가 적고 단독주택으로 구성된 시골 마을을 드론 배달 시범 지역으로 선정했다. 시골 마을이니 고객이 적었고 드론 배달을 신청하는 사람들도 드물었다.

결국 아마존의 드론 배달은 '미래의 과제'로 남았다.

요즘 전 세계 어지간한 도시는 출퇴근 시간과 주말에 교통대란으로 몸살을 앓고 있다.

그 해결책도 도로를 더 확보한다고 해서 쉽게 해결될 것 같지도 않다.

그리하여 UAM(Urban Air Mobility·도심항공교통)이라는 아이템이 뜨겁다.

소형 항공기를 활용해 사람과 화물을 운송하는 교통 체계를 말하는데, 관련 기업들의 주가도 관심을 끌고 있다. 여기에 사용되는 소형 항공기는 석유 연료가 아닌 전기 배터리를 사용해 소음과 무게를 줄인다는 것이 골자다. 수직 이착륙이 가능한 소형 헬리콥터로 보면 되겠다.

이를테면 김포공항에 내린 승객이 소형 항공기 택시를 타고 서울 시내로 진입을 하는 것이다. 당연히 도로 체증을 피할 수 있고 이동 시간도 단축할 수 있다. 이러면 서울 시내 빌딩을 이착륙 플랫폼으로 사용해야 한다.

원리적이고 계획적인 측면에서 UAM 시스템은 아주 이상적이다.

이런 이상적 체계 때문에 관련 기업들도 관심을 받고 있고, 어느 지자체에서는 UAM 박람회를 개최하겠다고 나섰다.

그런데 아마존의 드론 배달 시스템이 실패한 원인을 생각해보면 UAM 시스템의 도입은 아직 쉽지 않을 수도 있겠다는 생각이 든다.

서울을 비롯한 대도시에서 UAM을 실현할 수 있는 곳은 아직 없다.

특히 우리는 분단국가 특성상 국가 주요 시설도 많고 서울은 휴전선을 근거리에 두고 있다. 당연히 비행 금지 구역이 많을 수밖에 없다.

그리고 소형 항공기의 안전성이 확보되지 않은 상황에서 지하철이나 버스, 택시 대신 소형 항공기를 타겠다고 나설 사람이 얼마나 되겠냐는 것도 주요 걱정거리가 된다.

UAM 산업, 물론 기술이 발달하고 제도적 안전장치가 마련된다면 더없이 좋은 미래 교통수단이 될 것이다. 우선은 안전성이 확보된 항공기를 개발하고 공항에서 주요 거점 도시 그리고 통행량이 많은 거점 도시를 연결하는 안전한 이착륙 플랫폼을 만들고, 다양한 불안 요소에 대한 시뮬레이션 및 시범 운전이 필요하겠다.

과학 기술의 발전 속도는 이미 우리 인간의 상상력을 뛰어넘고 있다. 다만, 안전한 통제 시스템과 제도적 장치가 무엇보다 먼저 만들어져야 할 것이다.

대신 도심 항공 교통이라는 아이템에서 조금만 생각을 바꾸면 소형 항공기나 드론의 효용 가치는 즉시 실현 가능한 분야들이 많다.

이미 드론은 항공 촬영, 농작물 방제, 토지 측량, 산악 탐지, 실종자 수색 등의 분야에서 맹활약하고 있다.

이런 드론을 섬이나 산지 등 격오지 주민들에게 생필품과 의약품 배달하는 데 활용하는 것도 좋은 시스템이다.

소형 항공기의 경우, 관광용으로 우선 활용할 수 있다.

산에 케이블카를 놓고 관광 활성화를 도모하려는 도시들이 많다.

케이블카를 놓으려면 자연을 훼손해야 하고 유지 보수도 해야 한다. 그런데 소형 항공기를 활용하면 이착륙 공간만 확보하면 된다.

바다를 끼고 있는 지역에서는 해상 관광 및 섬 관광에 소형 항공기를 활용할 수도 있다.

물론 안전성이 담보됐다는 전제하에 소형 항공기는 관광에 먼저 투입되는 것이 맞다고 본다.

광복절 단상(斷想)

1910년, 대한제국은 전쟁도 한 번 치르지 않고 일본에게 나라를 내어 줬다.

원래 나라를 빼앗기는 과정은 당사국끼리 분쟁이 생겨 전쟁을 통해 영토를 정복하거나 정복당하는 것이다.

그런데 조선의 후신인 대한제국은 이렇다 할 저항도 없이 '합병문서'를 통해 국토와 국민, 그리고 나라의 주권을 통째로 내어 줬다.

무능한 황실은 물론 사리사욕으로 나라를 팔아먹은 간신배들의 합작품이었다.

1945년, 대한민국 임시정부 산하 광복군은 국내 진공 작전을 준비했었다.

광복군이 서울을 비롯한 주요 도시에 진입해 일본군과 총독부 세력을 제거하려는 대대적인 전쟁 준비였다.

그런데 그해 8월 15일, 일본이 항복 선언을 함으로써 그 작전은 무산됐다.

결국 우리 땅에서 우리 힘으로 일본을 제압하지 못하고 독립을 한 것이다.

전쟁 한 번도 없이 나라를 빼앗겼고, 외세에 의해 나라를 되찾았다.

결과적으로 일본 패망을 이끈 미국과 연합군에는 감사한 일이지만 대한독립이 주는 교훈은 크다.

무능한 집권 세력과 간신배들은 나라를 팔아먹었고 국민은 36년간 일제에 수모를 당하고 살았다.

국내외에서 활동하던 수많은 독립운동가들이 목숨을 잃거나 고초를 당했다.

우리 힘으로 독립하지 못했으니 우리 의지와 관계없이 38선이 그어졌고, 국가는 분단됐다.

그러면서도 위정자들은 '내가 황제네, 내가 고관대작이네'를 향유하며 국민의 고통을 외면했다.

정치! 그게 잘못됐기 때문이다.

우리 정치권은 광복절을 통해 뼈저린 통찰을 할 필요가 있다.

그 무수한 희생자들을 낳은 국권 침탈이 누구의 책임이었는지.

혹시 지금의 정치는 진정으로 국가를 위해, 국민을 위해 가고 있는 것인지.

묻고 또 물어야 한다.

위정자의 책임은 엄청난 것이다.

위정자는 청렴해야 하고 먼저 헌신해야 하고, 국익과 국권을 우선시해야 한다.

내가 하는 일이 국민에게 또 미래 후손들에게 어떤 영향을 미칠지를 면밀히 검토해야 한다.

우리가 학교 때 배웠던 백범 김구 선생의 말씀.

> "네 소원이 무엇이냐 하고 하나님께서 물으신다면 나는 서슴지 않고 '나의 소원은 오직 대한독립이오' 하고 대답할 것이다. 그 다음 소원은 무엇이냐고 물으시면 나는 또 '우리나라의 독립이오' 할 것이요. 또 그다음 소원이 무엇이냐 하고 세 번째 물으셔도 나는 더욱 소리를 높여 '내 소원은 우리나라 대한의 완전한 자주독립이오' 하고 대답할 것이다."

이 간절함을 지금 위정자들은 곱씹고 또 곱씹어야 한다.

오늘 윤석열 대통령도 광복절 기념사에서 말했다.

> "위대한 자유 대한민국과 실패한 공산전체주의에 대해 언급했듯이 우리 선열들의 피로 지킨 자유 대한민국을 초일류국가로 발전시키기 위해 미력한 힘이라도 던지고자 한다."

광복절. 그냥 매년 돌아오는 기념일이 아니라 우리의 현실을 되돌아보고 미래를 설계하는 날이어야 한다.

돼지 아파트(호텔), 미래 양돈산업의 본보기 될까?

기후 위기 그리고 식량 안보는 전 세계 지구촌 농업의 핵심 키워드가 되었고, 이를 해결하기 위한 다양한 농업과학 기술이 개발되고 있는데, 그 대표적인 기술로는 농작물 재배 생산에 있어서 스마트팜과 식물 공장(인도어팜 또는 수직 농장)을 들 수 있으며, 최근 그 규모가 확대된 빌딩 농장도 농업 선진국을 중심으로 활발한 연구 및 산업화가 진행되고 있다.

그렇다면 축산업의 미래는 어떻게 될까?

가까운 중국의 최신 양돈기술의 단편을 보고 우리나라의 미래 축산업에 대한 실마리를 찾아보고자 한다.

예로부터 중국은 소고기와 양고기는 귀족 계층에서 소비하고 서민들은 돼지고기를 즐겨 먹었으며, 중국인의 돼지고기 사랑은 정말 대단하다.

14억 인구가 연간 5,000만 톤의 돼지고기를 소비하고 있으며, 이는 전 세계 돼지고기 소비량의 절반을 차지하는 어마어마한 양이다.

그런 중국의 양돈산업이 2018년부터 급속하게 전파되고 있는 아프리카돼지열병(ASF)으로 심각한 위기를 맞고 있으며, 지금까지 2억 마리 이상의 돼지가 살처분되었는데, 이는 전체 중국 돼지 사육에서 30% 이상을 차지하는 것이다.

결과적으로 돼지고기 가격은 급등했고, 불안정한 서민 물가를 바로잡기 위해 중국 정부는 무엇이든 해야 했다.

시대에 뒤떨어진 낙후된 사육 환경이 ASF의 주요 원인으로 대두되자 디지털화·스마트화에 박차를 가하고 있으며, 축산농가와 기업이 손을 잡고 중국의 돼지고기 수급 안정을 위해 인공지능(AI) 클라우드 컴퓨팅, 사물인터넷(IoT), 5G 등 디지털 기술을 기반으로 양돈장의 첨단화에 나서고 있다.

한편, 이러한 첨단 과학기술을 한자리에 모아 탄생시킨 것이 바로 중국 후베이성에 지어진 26층짜리 최첨단 양돈장, 돼지아파트(일명 돼지 호텔)이다.

이 돼지 아파트는 '세계 최고층 양돈장'이라는 타이틀과 함께 첨단 기술을 활용한 스마트 설비를 갖추고 있는데, 온도와 습도 조절을 비롯해 사료 공급, 분뇨 배출 등이 자동으로 조절되며, 스마트 공기 여과 시스템과 자동 소독 시스템을 탑재하였고 다양한 센서 및 빅데이터 시스템을 통해 각 층에 입주한 돼지의 건강 상태를 분석할 수 있게 하였다.

이 빌딩에서는 돼지의 번식과 사육 그리고 가공까지 일괄적인 체계화와 자동화를 추구하고 있으며, 연간 60만 마리 이상의 돼지를 사육하고 약 6만 톤의 돼지고기 생산을 할 수 있으며, 최근 전국적으로 기술이 확대되고 있다고 하니, 향후 중국인들에게 안정적인 돼지고기 생산 및 공급의 한 축이 될 것으로 생각된다.

또한 최첨단 돼지 아파트는 기존의 비위생적이며, 냄새나는 양돈이 아니라 쾌적한 환경에서 과학적으로 안정적인 돼지고기 생산이 가능하므로 젊은 청년들이 양돈산업에 뛰어들고 있다고 하니 그 장래는 더욱 밝다고 볼 수 있다.

한편, 기후 위기 대응 탄소중립 달성과 환경 오염 문제 등에 있어서도 아파트형 돼지 농장은 아주시의적절한 도시형-미래형 농장이 될 것이며, 에너지 절감 및 선순환 시스템과 대체 에너지 사용 기술 등이 접목된다면 전 세계 어디에도 지어질 수 있는 새로운 축산 형태로 발전할 수 있을 것으로 생각된다.

우리나라의 축산업 또한 낙후된 시설과 악취 그리고 환경 오염과 탄소 배출 등 많은 문제를 안고 있으니, 바로 지금이 규모화된 최첨단 생산 단지의 조성이나 빌딩형 사육 농장의 도입을 적극적으로 검토해야 할 시점이 아닐까 생각한다.

키우는 사람 윤재복 이야기를 마치며

키우는 사람 윤재복 이야기를 읽어주셔서 감사드립니다. 저는 용인 처인구 운학리 골짜기에서 나고 자란 토종 용인 촌놈입니다. 우리가 어릴 적엔 용인이 시골이었으니 촌놈이죠.

오랜 연구 생활과 기업 운영에 매진하다가 용인분들과 소통하기 위해 키우는 사람 윤재복 이야기를 SNS에 연재하게 됐고 책으로도 펴내게 됐습니다. 제가 어떤 사람인지, 제가 가진 소신이 무엇이지, 그리고 농업의 중요성과 농학을 전공한 사람이 정치에 뛰어든 사연 등등을 공유하기 위해서였죠.

반응은 너무 좋았습니다. 많은 분이 제 이야기에 공감해 주셨고 정말 예상치 못한 지지와 성원을 받았습니다.

얼마 전 선배님과 소주잔을 기울였습니다. "재복아! 이젠 고추 박사 하면 용인 사람들이 많이 알더라~"며 대견해하셨습니다. 제 노력이 조금이나마 진정성 있게 전달됐다면 그저 감사하고 또 감사할 따름입니다.

키우는 사람 윤재복 이야기는 계속됩니다. 우리 사회와 용인 처인구 곳곳을 누비며 이슈 현장, 이웃들 소식, 처인의 명소 등을 이야기와 사진 또는 영상으로 풀어 보겠습니다.

키우는 사람 윤재복 이야기 많이 응원해 주세요!

한눈팔지 않고 한 발짝 한 발짝 정진(精進)하겠습니다.

사랑합니다. 그리고 변치 않겠습니다!